Les Contemplées

Pauline Hillier

Les Contemplées

la manufacture de livres

Si vous souhaitez recevoir notre catalogue
et être tenu informé de nos publications,
envoyez vos coordonnées, en citant ce livre à :

La Manufacture de livres, 101 rue de Sèvres, 75006 Paris
ou
contact@lamanufacturedelivres.com

www.lamanufacturedelivres.com

ISBN 978-2-35887-941-5

Il est vingt heures, le soleil se couche sur Tunis. Dans la voiture, un flic me met en garde : là où je vais ça ne va pas être facile, il va falloir rester sur mes gardes et me méfier de tout le monde. Je ne sais pas où l'on me conduit, personne ne m'a expliqué. Des gens ont parlé en arabe autour de moi toute la journée, des officiers de police ont passé des coups de fil, d'autres m'ont observée gravement pendant de longues minutes avant de pousser de grands soupirs, une avocate a fait un passage éclair, toute en sueur, l'air affolé, une pile de dossiers sous le bras et des lunettes de soleil sur la tête, m'assurant qu'elle ferait tout son possible pour me sortir de là, mais personne ne m'a exposé le programme. Ça a eu l'air de leur sembler évident. Pourtant, plus les heures passent et plus rien pour moi ne l'est. Mon cerveau colle en vrac des images sur les mots que le flic prononce : « Il y a des tueuses. Il faut faire attention. Il ne faut pas leur faire confiance. Elles te dépouilleront, elles te frapperont, ou même pire. Il y a des folles là-bas. » Je serre les dents. Je sais qu'il veut me faire peur. Il guette ma réaction dans le rétroviseur mais j'évite soigneusement son regard. Je ne veux pas lui donner satisfaction. Je joue la fille qui en a vu d'autres, moi qui en ai vu si peu pourtant. Je scrute le paysage par la fenêtre en essayant de recueillir un maximum d'informations. Les rues défilent dans la pénombre. Des automobilistes, des motards et des piétons sont emportés par leurs trajets quotidiens, l'air concentré ou absent. Quelques arbres sans feuilles et recouverts de poussière tremblent au passage des camions. Un chien errant lève la patte contre un tronc puis repart en trottinant. Devant une épicerie une bande de pigeons a pris d'assaut un sac de semoule éventré, un homme sort les bras en l'air pour les chasser. Nous poursuivons notre course. Les passants se font plus rares. Je guette les panneaux pour tenter de localiser l'endroit où nous allons, mais la plupart sont en arabe. Les rues se ressemblent et la ville devient vite un labyrinthe dans lequel le chauffeur semble tourner volontairement en rond pour me perdre. Comme si je n'étais pas déjà assez paumée.

Voilà des heures qu'on me trimballe d'un endroit à l'autre. Mes poignets menottés passent de mains en mains, les mains me traînent de lieu en lieu. On me crie des choses en arabe sans prendre la peine de les traduire. On tire sur ma laisse comme sur celle d'un animal apeuré. La pénombre est partout à présent, elle enveloppe les silhouettes, se répand dans les rues, entre dans la voiture, m'écrase contre le siège en cuir, pénètre ma gorge et mes oreilles, me gagne tout entière. Après des kilomètres de façades, la voiture de police ralentit enfin, passe sous un imposant fronton et s'engouffre dans un couloir sombre. « Bienvenue à la Geôle », me lâche le conducteur dans un rire moqueur. Un frisson me saisit tandis que la voiture s'enfonce dans la gueule béante du monstre. Les portes se referment sur moi en un boucan sinistre, grilles qui s'entrechoquent, gonds rouillés qui grincent, lourdes chaînes qu'on attache. Cette fois ça y est, le système carcéral vient de m'engloutir. Il n'a fait qu'une bouchée de moi. Je déglutis en même temps que lui, une énorme boule dans ma gorge.

Le flic gare la voiture mais je n'ai plus franchement envie d'en sortir. Il descend, ouvre ma portière et m'attrape par le coude. La suite du trajet se fait à pied. Toujours menottée, je suis escortée par deux officiers le long d'un chemin en terre battue. J'en profite pour repérer un peu les lieux. Un imposant mur d'enceinte surplombé de fils barbelés nous coupe du monde. Au bout du chemin, la silhouette lugubre d'un bâtiment en béton se détache. Sur la droite, une cour grillagée enferme plusieurs dizaines d'hommes, jeunes pour la plupart, pieds nus dans la poussière. Ils s'agglutinent le long du grillage pour lorgner la curiosité qui débarque, cherchent mon regard sans toutefois oser m'interpeller. Des gardiens les surveillent de loin d'un œil menaçant. De l'autre côté sur ma gauche, un groupe patiente en file indienne devant un homme accroupi qui leur distribue de la nourriture. Une louche de bouillie rouge jetée dans un cul de bouteille en plastique, et au suivant. Mon estomac se noue à l'idée de prendre ici mon prochain repas. Mais je n'ai pas le temps d'y penser davantage car les policiers me poussent dans le dos pour que j'accélère le pas. Nous parvenons jusqu'à l'entrée du bâtiment, grimpons les trois marches en ciment du perron puis pénétrons à l'intérieur. Un halo verdâtre enveloppe la pièce. Verts les murs, vert le sol, verts les meubles, verts les gens, vert l'air qu'on respire. Je deviens verte moi aussi, sitôt entrée, saisie à la gorge par une puissante odeur d'égouts et de corps sales. Un épais comptoir de bois traverse le hall principal. Massif, on le croirait taillé d'un seul bloc, tout comme l'homme au guichet avec lequel mon escorte entame la discussion. Ce père fouettard doit bien faire dans les cent kilos. Derrière lui les longues étagères en bois sont vides, si ce n'est l'épaisse couche de poussière ocre qui recouvre les planches. Le seul objet que je remarque est un énorme registre. On me place dos au mur et on m'ordonne de ne pas bouger. Le temps passe. Des gardiens, en pantalon noir et chemise beige, matraques, menottes et clés à la ceinture, déambulent d'un couloir à l'autre. Ils sont gras, suants et effrayants. La seule femme de la bande ne détonne pas, bien que sa démarche boiteuse et son regard bigleux lui donnent un côté cartoon assez comique. Elle s'approche de moi, caresse une mèche de mes cheveux, et m'assène un gros sourire dégueulasse encore plus glaçant qu'un mauvais regard, avant que des détenus l'interpellent du fond du couloir. Elle repart en claudiquant comme une oie, les pieds en dedans et le pas saccadé. Je me penche discrètement pour essayer de voir les cellules, à gauche, puis à droite, sans parvenir à distinguer grand-chose hormis des enfilades de barreaux à la peinture écaillée.

À intervalles réguliers des colonnes de détenus passent devant moi. Ils ont des mines patibulaires : menaçantes, hébétées ou brisées de fatigue. Ils sont sales, débraillés, pieds nus et beaucoup d'entre eux ont des cicatrices ou des plaies récentes sur le visage. Il y a des adolescents aussi. *Slumdogs* misérables qui passent et repassent une serpillière ou un balai à la main. Ils servent de larbins aux gardiens qui les sifflent et leur gueulent des ordres. Ils obéissent, tête penchée, comme de pauvres petits forçats. Sur le sol je remarque à plusieurs endroits des taches de sang frais. Des scénarios sordides me passent par la tête. Je me concentre pour ne pas paniquer et pour parer à toutes les éventualités. Au milieu de ma gueule déconfite deux pupilles s'allument, noires et brillantes. Mes poings se serrent, mes muscles se tendent, pour la première fois de ma vie je me prépare à me battre. Mes mains sont prêtes à taper n'importe où, n'importe comment, à s'agiter dans les airs, à se balancer de gauche à droite, comme elles le pourront. J'ai la sensation assez nouvelle de devoir défendre ma peau. Je ne sais pas du tout comment m'y prendre mais je taperai dans le tas s'il le faut. Pourtant pour l'heure il n'y a guère que mes pensées angoissées et quelques mouches opiniâtres qui m'assaillent. Est-ce que je perds déjà la boule ? Prisonnière depuis quelques heures et déjà en roue libre. La vraie bagarre a en fait lieu à l'intérieur de mon crâne, la peur et la raison se livrent un terrible round. Au loin j'entends des voix de femmes qui appellent. De temps en temps un gardien répond à leurs demandes, ici de l'eau, là du feu. Je suis terrorisée à l'idée de me retrouver en cellule avec elles. Je les imagine aussi effrayantes que leurs alter ego masculins. Je ne veux pas passer la nuit avec elles. Je préférerais encore être mise à l'isolement. Je veux parler à un avocat, à l'ambassade, à quelqu'un qui pourrait répondre à mes questions, m'expliquer ce qui m'arrive. Je suis tombée au fond d'un puits mais aucune mission sauvetage ne semble se mettre en branle pour me tirer de là.

Même les deux flics qui m'ont accompagnée me faussent compagnie. La paperasse remplie ils prennent congé du tenancier sans même me jeter un regard. Ils redescendent l'allée centrale, remontent dans leur voiture, repassent sous le fronton, roulent dans les rues de la ville, arrivent au commissariat, garent leur voiture, montent les escaliers, dévissent leur casquette, se recoiffent avec leurs mains, retirent leur uniforme, remettent au clou leurs menottes, allument une cigarette et rentrent à la maison. Je voudrais qu'ils m'emmènent. À la maison. Je voudrais être sur le canapé lovée entre leurs femmes et eux pendant que le repas mijote. À la maison. Je voudrais enfiler leur pyjama et me coucher dans leur lit douillet. À la maison. Je voudrais être n'importe où mais pas ici. Je ne veux pas rester. Je me sens comme une enfant abandonnée un premier jour d'école. Une école de film d'horreur. Le bureau du maître en face de moi est énorme, son cahier d'appel démesuré, et moi toute petite, de plus en plus petite, et déjà mise au coin. Mais au pied du mur il n'y a pas de trou de souris par lequel m'enfuir. L'ogresse boiteuse revient vers moi. Elle attrape mes poignets sans ménagement et les libère de leurs menottes. Puis ses doigts de géante se referment autour de mon biceps et elle me tire vers elle. Ça y est, elle m'emporte dans son antre pour me dévorer. Je panique, les battements de mon cœur s'accélèrent, mon ventre se tord, je suis à deux doigts de crier à l'aide. Mais finalement rien ne se passe, à peine quelques mètres plus loin elle dégaine son trousseau de clefs, ouvre une grille et me pousse à l'intérieur. Je découvre mon auberge pour la nuit. Elle est déjà pleine à craquer. Ici je ne sais pas si c'est bon signe. Dès que je pénètre dans la pièce les mises en garde menaçantes du flic remontent à la surface : « Des tueuses. Des folles. Te dépouilleront. Te frapperont. Ou même pire. » C'est quoi pire ? Elles ne peuvent quand même pas me tuer ? Elles n'ont pas le droit. Et de qui dois-je me méfier au juste ? Des gardiennes ? Des détenues ? Des jeunes ? Des vieilles ? De celles qui sourient ou de celles qui restent dans leur coin ? De celles qui ont l'air sûres d'elles ou des discrètes ? Je les dévisage une à une pour tenter de repérer les tueuses, les psychopathes, les violeuses, les mangeuses de bébés. Mille horreurs me passent par la tête. Des images confuses sur la prison me reviennent en mémoire. J'essaye de me souvenir, ça pourrait servir. Je me remémore ce film, l'histoire d'une Américaine emprisonnée à tort pour trafic de drogues. Est-ce qu'on la frappait et la dépouillait ? Est-ce qu'on la violait ? Est-ce que de vieilles détenues la tripotaient sous la douche ? Je ne me souviens plus. Je suis épuisée. Je voudrais dormir mais que m'arrivera-t-il si je ferme les yeux ? Alors je reste à l'affût, le doigt sur la détente. Quelque chose s'est enclenché à l'intérieur de moi. Couteau aux dents, je suis prête à l'affrontement. À l'intérieur de mon crâne un petit coach s'agite. Il fait les cent pas et essaye de se montrer rassurant : « Ça va aller ma grande, tu sais te battre. S'il faut te défendre tu le feras, tu en es capable. Ne montre pas que tu as peur. Elles ne sont pas plus fortes que toi. Tu sais comment frapper. Aux endroits stratégiques, tu te souviens ? Mais si ! On avait fait un cours de self-défense. Tu vas te souvenir, fais un effort ça va revenir. Le nez, oui c'est bien ! Par en dessous voilà. Et le menton ? Par au-dessus bravo ! Des coups nets et précis pour leur montrer que tu sais y faire. Tiens-toi prête. Elles vont voir à qui elles ont affaire. Tu n'as pas peur d'elles, tu n'as peur de rien ! » Je m'accroupis en vitesse contre le premier mur que je trouve histoire de me faire oublier. Le petit coach dans ma tête continue son speech « C'est un genre de Koh-Lanta tu vois. Sans plage ni cocotiers d'accord, mais l'objectif est le même : boire, manger, faire les bonnes alliances, gagner des épreuves de survie et des jeux de conforts, vivre quoi. Tout va se jouer très vite, il faut mettre en place ta stratégie ». Je suis tellement absorbée dans ces pensées survivalistes que je ne prête pas attention à l'autre petit coach, le raisonnable, celui qui pense que le flic a sûrement dit ça pour me faire peur, celui qui passe sa main fraîche sur mon front brûlant pour me calmer et qui chuchote à mon oreille « ne tombe pas dans la parano, respire profondément, essaye de dormir un peu ». Je l'entends mais je ne l'écoute plus depuis longtemps. Les pensionnaires ont pourtant l'air plus misérable que dangereux. Leurs visages sont fermés mais elles n'ont pas de balafres sur les joues. Leurs vêtements sont sales et froissés, leurs cheveux emmêlés, et toutes semblent exténuées. La boiteuse bigleuse me jette une bouteille d'eau, une couverture et un tapis de sol puis referme la grille. La pièce doit faire dans les vingt mètres carrés. C'est une boîte vide et nue, refermée par un mur de barreaux. Où que je sois dans la pièce je peux voir et être vue par le gardien au comptoir ce qui me rassure beaucoup. Je suppose qu'il me protégera en cas d'attaque. Ou plutôt j'espère, que la violence ne viendra pas de lui, d'eux tous qui rôdent dans les couloirs et me reluquent à chacun de leur passage, l'œil lubrique et affamé.

Nous sommes une bonne trentaine dans la cellule, des vieilles, des jeunes et même un bébé d'à peine un an qui titube en chaussettes sur les tapis. La puanteur y est insoutenable. Un mélange de pisse, de merde, de sueur et de crasse. Dans ce pot-pourri je ne parviens même plus à identifier la nature et l'origine des effluves. Je ne saurais dire si l'odeur de pisse qui me pique le nez vient des toilettes à ma gauche, de la paillasse sous moi, des jupes de la petite vieille qui tremblote à ma droite, ou du pyjama souillé du bébé. Pauvre petit gosse. Est-ce qu'il se souviendra de sa détention juvénile ? Est-ce que ces visages désolés imprégneront sa mémoire ? Est-ce qu'il sait qu'il est enfermé ? Est-ce qu'il comprend que tout ça n'est pas normal ? Combien sont-elles dans cette pièce qui, comme lui, n'ont rien à faire là ?

J'ai pu voir lors de mon passage au commissariat comme on jetait sans façon les prévenues en prison. Je n'avais pourtant rien d'une criminelle. Mais pourquoi se fatiguer ? En attendant de savoir, allez hop tout le monde au cachot. Même les vieilles, même les adolescentes, même les mères, même les petits gosses en pyjama. Alors on les souille les pyjamas. Dans cette saleté ambiante à quoi bon se retenir ? D'ailleurs je me souillerais bien moi aussi. Qu'est-ce que ça changerait ? Je refuse d'aller aux toilettes, des latrines sommaires dans un coin de la pièce, à peine dissimulées par un muret à mi-hauteur et sans autre système d'évacuation qu'un broc en plastique. J'ai peur de ce que j'y verrais, peur des cafards, peur des merdes, peur des cafards sur les merdes. Mais leur odeur est partout sur moi, sur ma peau, sur mes cheveux, dans mes vêtements et dans ma bouche. Je ferme ma veste jusqu'en haut et coince mes mains dans mes manches, je rentre à l'intérieur de moi-même comme un escargot dans sa coquille puis je me roule en boule sur mon tapis et remonte mon coude sous ma joue. La nuit est tombée, il fait frais à présent. Une vieille sanglote en secouant la tête et en déclamant des vers misérables. Est-ce qu'elle prie ? Est-ce qu'elle se lamente sur ce qui lui est arrivé ? Je voudrais la consoler. Non, ça n'est pas vrai, je voudrais qu'elle arrête de pleurer, je voudrais qu'elle se taise, je voudrais qu'elles la ferment toutes, je voudrais le silence, je voudrais qu'elles dorment, je voudrais être la seule éveillée dans la pièce, je voudrais la vision rassurante d'une masse ronflante et inoffensive. Je me méfie surtout des plus jeunes et ne les quitte pas des yeux. Elles ont formé un petit cercle et font tourner des cigarettes, en en allumant toujours une avant que l'autre ne s'éteigne, de sorte que le feu ne se perde jamais. Elles ne m'ont adressé la parole que pour m'en demander. Elles se moquent pas mal du reste, de qui je suis, de comment je vais. Elles seraient curieuses à la rigueur de savoir ce qui m'a conduite dans ce trou, mais elles sont trop fourbues pour trouver, en français, les mots pour m'interroger. J'observe leurs mains aux ongles sales attraper la cigarette, la porter à leur bouche et la passer à leur voisine. Quels tours de passe-passe ces mains ont-elles joué ? Quels sont leurs talents cachés ? Savent-elles voler, frapper ou tuer ? Savent-elles crocheter les serrures ? Faire disparaître des cadavres ? Qui sont ces femmes dont je partage la chambre et la peine ? Depuis combien de jours sont-elles ici ? Se connaissent-elles ? Sont-elles de vraies criminelles ? J'ai peur et j'ai honte d'avoir peur. J'ai pitié et j'ai honte d'avoir pitié. Je suis triste et j'ai honte d'être triste. Tous mes sentiments se mêlent. Je voudrais leur parler mais je suis épuisée. J'emploie le peu d'énergie qu'il me reste à une veille appliquée. Je guette les regards, j'analyse les comportements, j'essaye d'anticiper les déplacements et de comprendre la teneur des échanges. Je me concentre pour ne pas baisser la garde, ne pas dormir, ou alors tard, au petit matin, quand elles seront toutes assoupies, quand le danger sera neutralisé et juste pour quelques minutes, le minimum vital, comme un soldat en opération. Malgré la lumière blafarde du hall qui reste allumée toute la nuit, les femmes s'endorment une à une. Un peu rassurée et de toute façon trop lasse pour lutter, j'abandonne finalement ma tête au festin des poux sur le tapis et je ferme les yeux.

Quelques heures plus tard le petit déjeuner est servi. Mal de crâne, courbatures et quignon de pain sur un plateau. Le réveil est rude. Il ramène à la réalité. Et je ne veux pas de cette réalité. Dès que j'ouvre l'œil l'enchaînement brutal des évènements remonte à la surface. Dans d'autres circonstances je jetterais la couverture par-dessus ma tête pour refuser cette nouvelle journée, m'enfoncer au fond du lit et me rendormir, mais aujourd'hui la couverture sent la pisse. Je n'ai pas été agressée pendant la nuit c'est déjà une belle performance. On m'a volé ma bouteille d'eau, bon, je ne suis pas matérialiste. Les autres aussi ont survécu. Toutes ont les yeux bouffis, du peu de sommeil ou du trop de larmes. Le petit gosse ne s'en sort pas si mal. Il passe de bras en bras et s'adapte à son environnement avec l'aisance d'un singe-araignée. Moi j'ai l'aisance d'un veau de mer. Je reste étalée sur ma paillasse, complètement vaseuse et désœuvrée. Le corps assommé et le regard vide je peine à émerger de ce mauvais rêve. L'odeur et la saleté ambiantes m'ont coupé l'appétit mais j'ai le réflexe de mettre mon morceau de pain au fond de ma poche, qui sait quand on nous redonnera à manger. Je n'avais jamais caché de restes de nourriture dans mes poches auparavant et voilà que je fais des réserves comme un écureuil. Je m'adapte moi aussi, guidée par l'instinct de survie. J'ai toutes les peines du monde à me relever quand on vient me chercher. À nouveau, on me fait attendre dans le couloir. Mais en bonne compagnie cette fois puisque sept autres détenues sont alignées à mes côtés. Je comprends qu'un nouveau transfert se prépare. J'ai le vague espoir qu'on me ramène au commissariat et que l'aventure s'arrête ici. Mais vraiment vague. Je sens bien au fond que les choses ne prennent pas cette tournure. Les policiers se comportent avec nous comme avec des chiennes, pas comme avec des femmes innocentées qu'on s'apprête à libérer, en s'excusant bien mesdames pour le dérangement. On nous menotte deux par deux. Mon poignet est attaché au poignet d'une jeune Tunisienne. Comme avant une sortie scolaire, on nous fait patienter en rang dans la cour et l'on nous compte. Ici pas de risque de chahut, mon binôme ne m'adresse même pas un regard. Puis le cortège se met en branle le long de l'allée.

Un fourgon cabossé nous attend sur le parking. Je remarque tout de suite qu'il n'y a ni vitre ni aération à l'arrière. C'est un container en taule sur quatre roues. On nous pousse à l'intérieur sans ménagement et nous prenons place cahin-caha sur les bancs latéraux. Ainsi attachées par deux, le moindre déplacement est compliqué, maladroit, pénible. Les portes se referment. Nous sommes à présent plongées dans un noir quasi complet et la chaleur devient vite suffocante. Il n'y a aucun système de ventilation, ou s'il y en a eu un jour il ne fonctionne plus depuis longtemps à en juger par l'odeur âcre qui remplit la boîte. Nous n'avons pas encore commencé à rouler que je me sens déjà mal. Je peine à trouver mon air. Les autres détenues ne semblent pas mieux gérer la situation. Elles respirent fort, certaines gémissent, d'autres pleurent carrément. Il va pourtant falloir serrer les dents, puisque le fourgon s'élance dans la ville. Nous sommes ballottées dans tous les sens, les virages nous font glisser le long des bancs et basculer les unes sur les autres, les nids-de-poule manquent à chaque fois de nous faire tomber. Le chauffeur ne prend aucune précaution pour la marchandise humaine qu'il transporte. Les routes sont-elles si mauvaises à Tunis pour que nous soyons secouées de la sorte ? J'ai l'impression que nous roulons sur une piste de terre en pleine campagne, j'ai du mal à croire que nous soyons encore en ville. Pourtant c'est bien Tunis et c'est vers son tribunal qu'on nous conduit, je l'apprends par ma voisine à qui je pose la question. Très vite, des femmes commencent à être malades et l'une d'elles perd connaissance, celle en face attrape une vieille bouteille d'eau qui roule sur le sol et lui mouille le visage. Elle revient difficilement à elle, sa voisine lui colle quelques gifles puis l'allonge la tête sur ses genoux. Une autre vomit le peu d'eau et de pain que contenait son estomac. L'odeur devient intenable. Le fourgon fonce toujours à travers la ville. Je me cramponne au banc pour me stabiliser, et pour détourner mon attention je commence à compter les moutons. Je m'échappe avec eux dans le pré, me voilà qui saute moi-même les barrières. Je compte jusqu'à cent, jusqu'à deux cents, je perds le fil, je recommence. Après quelques minutes de route, le chauffeur s'arrête mais personne ne nous ouvre. À l'extérieur il se trame quelque chose. Nous tendons l'oreille. Rien ne se passe. Nous patientons en silence. Tout à coup une odeur terrifiante envahit l'habitacle. Du gaz ! Les femmes se mettent à tousser et paniquent. Elles hurlent et tapent du poing sur la carlingue. Je me lève et frappe de toutes mes forces avec elles. L'air déjà rare devient carrément toxique. Le chauffeur gueule quelque chose en arabe, reprend sa place au volant, claque sa portière et redémarre. « Gasoil », me souffle une des femmes, il s'est arrêté pour faire le plein. Les odeurs de fuel sont remontées jusqu'à nous et nous ont fait paniquer, mais personne dehors n'a pris la peine d'entrouvrir la porte pour nous donner un peu d'air. Peu importe si on étouffe. Je pense à ces histoires de chiens retrouvés morts asphyxiés dans des voitures après que leurs maîtres les y ont laissés sans entrouvrir la fenêtre. J'inspire profondément et reprends mon compte pour me calmer. Cinquante, cent, deux cents, trois cents, de longues minutes passent. J'ai l'impression d'être enfermée dans cette boîte depuis des heures. Quand le camion s'arrête enfin et que ses portes s'ouvrent j'ai tout juste le temps d'une grande respiration et je suis de nouveau engloutie. Le véhicule est venu se coller contre un bâtiment qui nous aspire aussitôt. Nous sommes digérées par une sorte de centipède carcéral interminable. Un petit mètre de lumière et d'oxygène seulement et nous voilà happées par une nouvelle puanteur, une nouvelle obscurité et une nouvelle chaleur étouffante, dans les sous-sols du tribunal. À la suite d'un gardien nous descendons un escalier en ciment, puis empruntons une succession de couloirs étroits. Plus nous avançons, plus les plafonds me semblent bas mais c'est peut-être mon imagination qui me joue des tours. Depuis qu'on m'a enfermée je suis régulièrement gagnée par cette sensation étouffante que les parois se rapprochent peu à peu de moi pour venir m'écraser. Après une longue déambulation en file indienne, nous sommes réparties dans plusieurs petites cellules aux allures de clapiers à lapin. L'Angora à gauche, le Bélier à droite, le Chinchilla au fond, quant au lapin nain que je suis, on lui trouvera bien une petite place dans ce clapier de trois mètres sur deux pourtant déjà bien occupé. Je suis attrapée au collet et poussée à l'intérieur, les femmes se tassent sur le banc de pierre pour me laisser m'installer et le gardien referme la porte. La cellule est à peine plus grande que le fourgon dont nous sortons et en prime elle empeste la sueur et l'urine. Je réprime un haut-le-cœur en entrant, je ne voudrais pas que mes nouvelles « camarades » se sentent insultées. Du reste, je ne crois pas que cela vienne d'elles, mais bien des murs et du sol qui transpirent d'humidité comme gorgés de tous ces fluides. Je m'assois du bout des fesses, droite comme un piquet pour ne toucher à rien. Commence alors une longue et pesante attente. Dans le petit réduit aucune femme ne discute. Les seules qui parlent le font pour elles-mêmes, en pleurant et se lamentant. Aussi compatissante que je sois, leurs larmes et gémissements incessants finissent par m'attaquer les nerfs, je suis au bord de la crise. Je donnerais cher pour pouvoir prendre l'air ne serait-ce que cinq minutes dans une cour, gueuler un coup et m'envoyer une grosse giclée d'eau froide au visage. Je commence à comprendre la torture qu'est l'enfermement. Je ferme les yeux et essaye de convoquer mon « *happy place* », pour m'imaginer m'allonger un instant sur le sable fin des plages de mon enfance. Mais la mer n'est pas là pour me bercer, et les cris des mouettes sont bien trop déchirants. Deux bonnes heures s'écoulent avant qu'un gardien me délivre de ma cellule pisseuse. Hélas, ça n'est pas pour me conduire devant le juge comme je l'espérais. Je rejoins une nouvelle file de détenues et nous sommes reconduites jusqu'au fourgon. Des décisions cruciales ont été prises me concernant mais je n'ai pas été conviée à la réunion du Boys club. J'interroge les autres détenues sur notre nouvelle destination. « *Haps* », me lâche l'une d'elles sans plus d'explication, avant qu'une autre me traduise « à la prison ». Le mot tombe comme un couperet. Je comprends que les types en robe au-dessus de ma tête viennent d'acter mon incarcération et je blêmis. J'ai envie de sauter du fourgon, dévaler les escaliers les couloirs et débouler en trombe dans la salle d'audience pour plaider ma cause, essayer de les raisonner, protester, me défendre, ou bien s'ils ne m'écoutent pas, envoyer au moins valdinguer une ou deux chaises dans le décor en signe de contestation, mais c'est déjà trop tard. Le sort en est jeté, les portes claquent et le camion démarre. Alors je compte. Je compte à l'infini, je m'abrutis de chiffres, je compte jusqu'à cent, à l'endroit, à l'envers, je compte jusqu'à cinq cents, je compte jusqu'à mille. Je ne vois pas les moutons dans l'obscurité du fourgon mais ils sont là, ils tournent en rond les pauvres, ils étouffent, ils cherchent la sortie. Je me concentre pour ne pas les perdre. 382, 383, 384… maintenir la tête hors de l'eau, 385, 386, 387… chercher un peu d'air du bout des lèvres, 388, 389, 390… haleter jusqu'à la prochaine étape.

De ma rencontre avec la Manouba je me souviens de tout. Il faut dire que la mangeuse de femmes est charismatique et fait tout de suite forte impression. Quand on m'extrait du fourgon je suis déjà dans le ventre de la bête. Je sens son pouls, sa respiration et la moiteur de ses entrailles sur ma peau. Du quartier, de la rue, du bâtiment, de la façade, de la porte d'entrée, je n'ai rien vu. La Manouba pourrait être aussi bien au centre de Tunis qu'au milieu d'un désert. Je suis incapable de me situer dans l'espace et cette sensation est vertigineuse. Mon nouvel univers se cantonne à ce que j'arrive à voir et aux plans confus que je dessine dans ma tête. Combien de fois, ivre, insouciante, j'ai navigué d'un bar à l'autre, sauté dans un taxi, plongé dans un club, sans me soucier de l'endroit où j'allais. J'ai même adoré ça, me laisser porter sans réfléchir, accorder ma confiance à l'inconnu, ne pas savoir ce qui m'attendait, mais à présent la magie n'opère plus. Ma liberté me glisse entre les doigts comme un glaçon, qui rapetisse à chaque seconde et devient de plus en plus insaisissable. Je voudrais au moins comprendre où je me trouve, quel parcours je suis, quelles étapes je franchis. Le groupe se scinde, des filles partent sur la gauche tandis que je suis amenée avec quelques autres sur la droite. Nous nous engouffrons dans un couloir en file indienne derrière une gardienne. Les bâtiments semblent former un cercle autour de la petite cour. Le conducteur du fourgon a disparu. Avec lui, le dernier homme. En d'autres occasions l'idée aurait pu me plaire, mais le décor est loin des plages paradisiaques de Lesbos et des vertes collines du pays des Amazones. Une gardienne potelée en uniforme marron nous escorte à travers des couloirs de carrelage gris. Je ne vois d'elle que deux fesses qui se balancent. Ça me suffit, je ne tiens pas à voir sa tronche. Je la déteste déjà, je déteste déjà tous ceux qui ont pris ma liberté, ou qui y participent. Je déteste tous ceux qui ont des clés à leur ceinture, des lacets à leurs chaussures et un téléphone dans leur poche. Je déteste tous ceux qui se demandent s'ils iront boire un verre en terrasse ce soir ou déjeuner chez mamie ce week-end. Je déteste tous ceux qui bavardent, rient et se moquent bien du drame terrible qui est en train de se jouer sous leur nez : ici quelqu'un perd sa liberté. Vous m'entendez ? Ici on me prend ma liberté ! La tragédie est immense, c'est un séisme de magnitude dix qui se déchaîne. Suis-je la seule à en sentir les secousses ? Nouveau comptoir, nouvelle tenancière. Elle est laide et mauvaise, en toute subjectivité. C'est elle qui enregistre. C'est-à-dire, c'est à elle que je dois remettre mon identité. Je ne parle pas de mon passeport qui a disparu depuis mon arrestation, la dernière fois que je l'ai vu c'était entre les mains poilues d'un officier de police pendant l'interrogatoire. Non, cette gardienne-là va plus loin, elle confisque encore plus, elle confisque mon nom. Elle le consigne dans un registre et le prononce pour la toute dernière fois. On ne m'appellera désormais plus que par mon prénom suivi du nom de ma cellule. Quand je demande un stylo pour signer, elle me hurle qu'en prison on ne signe pas, attrape brutalement mon index, l'écrase sur un tampon encreur, et me fait « signer » de mon empreinte tout un tas de documents en arabe. Si ça se trouve je viens de prendre un crédit sur trente ans, de me marier ou de me convertir à l'islam. Va savoir. Il n'y a toujours personne pour m'expliquer les formalités. Voilà ce qu'il reste de mon identité, un prénom et l'empreinte de mon index. C'est tout ce que je suis à présent. J'accuse le coup. Mais, sans atermoiement, la visite se poursuit, toujours sous bonne escorte. Je pénètre dans une petite pièce qui ressemble à un service des objets trouvés. Je découvre derrière un grand bureau en métal une frêle gardienne et derrière elle une montagne de valises, sac en plastique et paires de chaussures. Les étagères dégueulent leur fatras de vêtements et on dirait qu'à tout instant la gardienne va disparaître sous une avalanche de paquets. Nous sommes ici au mont-de-piété et je vais devoir mettre au clou le peu qu'il me reste. À ma grande surprise mon sac à dos de voyage est déjà là, il a été plus rapide que moi. La police a déjà eu le temps de perquisitionner ma chambre d'hôtel. J'imagine la tête du personnel au moment de la descente. « Quoi ? La jeune touriste est à la *haps* ! Mais qu'est-ce qu'elle a fait ? », mentons qui se décrochent, yeux qui s'écarquillent, rumeur qui se propage. À vrai dire moi mon plus je n'en reviens pas. Mais ma mâchoire est trop serrée pour que mon menton se décroche. Mon pauvre sac Quechua dans ce sinistre décor, ça fait mal au cœur. Il aurait sans doute rêvé d'une aventure de routard plus exaltante que les semaines ou les mois de repos forcé qui l'attendent. La gardienne referme la porte derrière moi et sourit. Son sourire est franc et engageant. Je décide de bien l'aimer. Elle m'explique la procédure ce qui est déjà génial, et sans m'aboyer dessus en plus, le luxe. Elle parle gentiment et je suis heureuse qu'elle ait refermé la porte derrière nous. Je me sens bien avec elle, je me sens humaine. Elle me parle comme à une cliente qu'elle recevrait à son guichet, nous avons une conversation. Son uniforme de gardienne n'en est plus un, nous sommes à l'aéroport, voilà, j'enregistre mes bagages. Le timbre de sa voix m'apaise, je voudrais n'avoir plus affaire qu'à elle, je voudrais être seule en cellule avec cette unique gardienne pour me surveiller et m'apporter mes repas. Je voudrais qu'elle reste devant ma porte toutes les nuits pour empêcher les autres gardiennes, les laides et les mauvaises, de m'approcher, de me punir, de me toucher. Je voudrais qu'on joue aux cartes, qu'on se fasse la lecture et qu'on se raconte nos vies. Je voudrais être sa petite protégée. Comme ça seulement la prison pourrait être tolérable. Je dois mettre ma veste dans le sac, compter mon argent liquide et le lui remettre. Ma fortune s'élève à 52 euros. Elle me rend une partie de la somme en coupons et m'explique que je peux retirer d'autres coupons quand je le souhaite pour faire mes achats à la Cantine, une sorte d'épicerie où se vendent les produits de première nécessité (eau, savon, dentifrice…) mais qui n'ouvre qu'à des horaires précis. Les prisonnières sont autorisées à s'y rendre par roulement une fois par semaine, elle ignore quand viendra mon tour. La gardienne me prie ensuite de me déchausser et me remet une vieille paire de pantoufles en échange de mes baskets. À en juger par leur aspect elles ont déjà tiré pas mal d'années, je les enfile avec dégoût. Ce n'est pas que je sois particulièrement précieuse, mais ces pantoufles-là c'est quelque chose. Je m'efforce de ne pas penser aux centaines de pieds sales qui sont entrés avant les miens dans cette niche à champignons. C'est comme enfiler un slip porté par vingt personnes avant soi. Répugnant. Pour finir, elle m'autorise à emporter une culotte de rechange, ma brosse à dents, et après un moment d'hésitation, mon livre de voyage et mon stylo. Je mesure la faveur qu'elle me fait. En attendant de pouvoir me rendre à la cantine je vais devoir me contenter de ce trousseau. Je la remercie avant de quitter son petit aéroport et d'être remise aux mains d'une nouvelle potelée. Est-ce que je l'ai déjà vue celle-ci ? Elles finissent par toutes se ressembler, boudinées dans leurs uniformes, des auréoles aux aisselles, la matraque plaquée contre la hanche, le trousseau de clés qui tinte à chaque pas, des bouches immenses aux sourires carnassiers, des dents mais alors beaucoup trop, et des lèvres huileuses façon Ursula la pieuvre. Elles se traînent dans les couloirs sur leurs gros tentacules, et d'une ventouse vous attrapent et vous trimballent avec elles. La visite continue et c'est la douche écossaise. Pour que je ne m'habitue pas aux manières douces de l'hôtesse d'aéroport, on m'envoie vers une gardienne autrement plus sévère, qui commence par me hurler dessus en guise de bonjour. C'est la laide d'entre les laides, la mauvaise d'entre les mauvaises. Cheveux blonds peroxydés, blouse blanche par-dessus son uniforme, gants en latex, bave sèche aux coins de la bouche : on m'a collé entre les pattes d'une docteur psychopathe, et manque de bol, c'est elle qui s'occupe de la fouille au corps. Elle me fait entrer dans une petite pièce vide et sans porte. J'ai du mal à saisir les instructions en arabe et chacune de mes hésitations semble l'insupporter. Elle joint alors le geste à la parole et commence à muscler son jeu. Elle me bouscule pour que j'accélère, tire sur mes vêtements pour me faire comprendre que je dois me déshabiller entièrement et fissa. C'est ma première fouille à nu, l'étape n'est pas des plus agréables, et en plus je ne comprends rien à ce qu'on me dit, mais je me dépêche d'obéir pour qu'au moins elle arrête de me crier dessus. Rapidement je suis nue devant elle. Des gardiennes passent dans le couloir et ne manquent pas de jeter un coup d'œil à l'intérieur. J'aperçois mes camarades d'infortune alignées contre le mur. Toutes baissent la tête pour ne pas ajouter à mon embarras. Le moment n'est facile pour personne, elles comprennent. La docteur plonge la main dans mon petit tas de vêtements posé sur le sol et commence son inspection. Elle examine ma culotte, puis mon soutien-gorge qu'elle déchire pour en retirer les baleines, fouille méticuleusement chaque poche et couture de mon pantalon et de ma chemise, et jette le tout par terre. La voir malmener et abîmer mes affaires avec mépris fait monter ma colère. Elle le voit, ça a l'air de lui plaire. La voilà qui s'approche de moi. Je bloque sur les gants en latex, une sueur froide me traverse, le toucher rectal je ne suis pas prête. Elle me tire par le bras pour que je m'accroupisse, m'écarte les genoux d'un coup de botte, et m'ordonne de tousser pour qu'un éventuel objet caché dans mon anus ou mon vagin soit expulsé. Un téléphone portable, des clés de voiture, un pain de TNT, une lame de rasoir, un fusil à pompe, que sais-je ? Comme elle juge que je ne tousse pas assez fort, elle m'assène de grosses claques dans le dos et derrière la tête. C'est violent, c'est humiliant mais je préfère encore ça qu'un doigt dans le cul. Elle y prend un malin plaisir. Je fulmine. Je voudrais pouvoir sortir une batte de baseball de ma chatte et l'assommer d'un seul coup. Et ça dure. Une éternité. Je ne tousse pas assez fort, pas assez bien, pas assez longtemps, il y a toujours une raison pour me coller une nouvelle claque. Elle gueule, elle se marre, ça lui plaît de m'avoir cul nu à sa merci, cette gymnastique avilissante lui fait prendre son pied. Elle me tire de nouveau par le bras pour que je me redresse mais le petit jeu n'est pas encore fini. Je suis déjà à poil mais ça n'est pas assez. Elle arrache mon élastique, fouille dans mes cheveux, les tire à gauche, à droite, en avant, en arrière, me retourne les oreilles, me passe en revue sous tous les angles. Ses gestes sont brutaux et lui font dépenser plus d'énergie qu'il n'en faut. Il s'agit surtout de montrer qui est la patronne, je saisis bien le message. Pas de mini-revolver à la James Bond caché dans la choucroute, pas de lime à ongles de Dalton dans les narines, pas de boulettes de shit enfoncé dans les oreilles, pas de poux, pas de lèpre, pas de morbacs, pas de chtouille, suivante ! Je me rhabille en vitesse. Je me sens souillée, abusée. Je n'ai plus d'affaires, plus de papiers, plus de nom, plus de signature, et plus de dignité. Je garde les yeux rivés sur mes pantoufles à mycoses pendant que les suivantes y passent. Certaines ont l'âge de ma mère, c'est une douleur terrible que d'assister impuissante à leur humiliation.

Après la fouille à nu, nous passons une grosse grille blanche qui marque la séparation entre la zone administrative et la zone des cellules, puis nous sommes une nouvelle fois mises en attente dos au mur dans un long couloir. Les prisonnières tunisiennes qui m'accompagnent disparaissent une à une, escortées vers leurs nouvelles cellules, je reste seule à attendre mon affectation. Un petit groupe de gardiennes discute vivement autour d'un bureau, apparemment mon cas pose problème. Elles ne savent pas quoi faire de moi. Dans quelle cellule pourraient-elles bien me coller ? Ça discute, ça s'organise. Il y a des allers-retours, des coups de téléphone, des hésitations, puis finalement, après une attente stressante, une gardienne me fait signe avec la main : « *Ija* ». Je crois comprendre qu'il faut que je recule et fais un pas en arrière. « *Ija !* » insiste-t-elle. Je recule d'encore un pas mais ça n'est toujours pas bon. « *Iiiija !* » se met-elle à crier sans que je comprenne pourquoi. Excédée, elle avance jusqu'à moi et m'attrape par le bras pour me tirer dans la bonne direction. En Tunisie pour demander à quelqu'un d'approcher on tourne la paume vers le sol et on remue les doigts, ce qui correspondrait plutôt pour moi au signe inverse. M'emmêlant les pinceaux je recule quand je dois avancer ce qui a le don d'exaspérer la gardienne. Je n'en suis qu'aux prémices de mon apprentissage du lexique de la prison, aussi paumée qu'une sixième dans les couloirs du collège, qui se demande en panique si c'est « la semaine A ou la semaine B ». Ça y est les gardiennes ont tranché, je suis emmenée vers le premier couloir, juste à droite de la grosse grille blanche, jusqu'à ma nouvelle cellule : le Pavillon D.

Le décor n'est pas exactement comme je l'aurais imaginé. Il y a bien les lits superposés, les murs écaillés, le sol carrelé et les grilles aux fenêtres, mais il y a aussi – et la vision est déroutante – beaucoup de couleurs. Les lits sont ornés de frises de dentelles ou de rideaux bleu pâle, les draps sont roses ou à fleurs, et les tenues des détenues multicolores. Une ambiance « textile et métal », étrangement aigre-douce. La prison prend tout à coup des airs de pensionnat de jeunes filles, ou d'hôpital psychiatrique. La lumière artificielle achève de donner au lieu son atmosphère dérangeante. Les uniques ouvertures sont d'étroites fenêtres à deux mètres cinquante du sol qui n'apportent quasiment aucune lumière naturelle. Une ampoule blanche tangue dans le souffle d'un vieux ventilateur suspendu au plafond. La cellule, ou plutôt le « pavillon » comme on l'appelle ici, doit faire dans les trente mètres carrés. Les lits sont alignés contre les murs de part et d'autre d'une allée centrale d'environ un mètre de large, au bout de laquelle trône un écran de télévision fixé au mur en hauteur comme dans un hôpital. L'espace entre les lits est encore plus réduit, tout juste une largeur d'épaules. De petits meubles de chevets y sont parfois logés, recouverts de napperons et de quelques ustensiles de fortune. Au-dessus des lits sont fixées de longues planches en bois sur lesquelles s'entassent des couvertures. Des seaux blancs et des tables pour enfants en plastique sont entreposés çà et là. La gardienne me conduit au fond à gauche de la pièce et me désigne le lit qui sera désormais le mien. C'est un coup de massue. Cette attribution me fait comprendre que je m'engage ici sur du long terme, chose que je n'avais pas encore vraiment réalisée.

À contrecœur, je dois pourtant prendre mes quartiers. Je grimpe sur la couchette du haut sans broncher. Mais mes pieds tremblent sur les barreaux que j'escalade. Mon lit est accolé à un renfoncement d'environ deux mètres sur deux où se trouvent des sanitaires, dont les cloisons ne vont pas jusqu'au plafond, de ma place j'ai vue sur les WC, fermés par des portes battantes, et sur le grand lavabo. Je peux tout entendre et tout sentir de ce qui s'y passe. Après le départ de la gardienne, des regards curieux se tournent vers le nouveau spécimen de l'enclos. Mais le spécimen ne veut pas se faire accepter du groupe, ni lui appartenir. Il veut tenir sa marge, ne pas être de la même espèce. Il regrette son ancien zoo et ses anciens soigneurs. Il préfère encore s'arracher les poils dans son coin que de se mêler aux autres. Je serai la guenon névrosée qui refuse toute interaction avec ses condisciples et s'isole dans l'enclos, tant pis. Je mangerai les restes et pisserai sur moi s'il le faut, mais je refuse d'être des leurs. Je me replie sur moi-même, genoux contre la poitrine, pour bien le leur faire comprendre. Pourtant les femmes qui m'observent ne montrent aucun signe d'animosité et ont bien meilleure mine que moi. Il faut dire que je n'ai pas pu me débarbouiller depuis mon arrestation. Je porte les mêmes sous-vêtements, le même jean et le même tee-shirt depuis 48 heures et je ne me suis jamais sentie aussi sale. Je suis sale des mains de tous ceux qui m'ont touchée, traînée, giflée, jetée dans un camion, menottée, traînée de nouveau, assise et relevée, trimballée, triturée comme une carcasse de poulet. Je suis sale de cette nuit dans la crasse de la Geôle. Sale des regards concupiscents des gardiens. Sale de la fouille à nu. Sale de l'air que je respire, inspiré et expiré par trente bouches avant moi. Sale d'avaler leurs haleines, l'intérieur de leur corps, le souffle de leurs entrailles. Sale de ces inconnues autour de moi, de leurs chairs ramollies qui frôlent les miennes, de leur proximité, de leur omniprésence dans mon champ de vision. Tout me dégoûte. Mes yeux ne se posent que sur la peinture craquelée, les dalles de carrelages fissurées, les insectes sur les murs, les trous et les taches sur les draps, les poils sur les jambes, les boutons sur les fronts et ne veulent pas voir le reste : les efforts pour maintenir la pièce la plus propre possible, les vêtements brossés à l'huile de coude, l'ordre rigoureux de la cellule, le mieux qu'on peut, le système D, les deux bouts de chandelle, l'ingéniosité, la volonté et la dignité. Ils ne voient pas les sourires entre les mèches de cheveux gras, les broderies entre les trous, les pleins entre les vides. Je suis en colère, je suis révoltée, je suis de mauvaise foi. Deux jeunes filles s'approchent. Elles me parlent en français, avec un fort accent mais un bon niveau. Elles m'expliquent que les jeans et les débardeurs sont interdits dans la prison car indécents. Elles me donnent une petite pile de vêtements et me demandent d'aller me changer dans les sanitaires. J'obéis sans poser de questions pour ne pas les contrarier et pénètre avec dégoût dans l'un des cabinets, en me contorsionnant pour ne pas toucher les murs. Ici encore ce sont des toilettes à la turque sans chasse d'eau, un trou, un robinet et un seau pour tout système d'évacuation. Un broc est posé sur le trou, il faut l'y replacer après avoir fait son affaire, me prévient une des jeunes filles par-dessus la porte. Je devine que ça doit être pour limiter les odeurs. Je me déshabille (à nouveau) en vitesse et enfile mon nouvel uniforme. Ma tenue de bagnarde se compose d'un pantalon marron si large qu'il tombe à mes pieds quand je le lâche et d'une chemise parme à fleurs. Ajoutés à mes charentaises, ils me donnent un style improbable. C'est informe, c'est laid, mais c'est propre. Plus propre en tout cas que ce que je portais jusqu'ici. Je profite de ce moment pour me rincer le visage, le cou et les bras au robinet. J'aurais vraiment besoin d'une douche mais je ne sais pas quand on m'autorisera à y aller. Je n'ose pas encore poser la question. Les jeunes filles récupèrent mes affaires à la sortie des toilettes et regagnent leur coin sans plus prêter attention à moi. Je crois alors comprendre quelque chose qui me fait enrager. Il n'y a pas un jour que je suis arrivée et je me fais déjà racketter ! Elles auront inventé cette histoire pour me voler mes vêtements et me refiler ces vieilles fringues à la place. Elles m'ont bizutée c'est sûr, et m'ont fait ce look de clocharde pour m'humilier. J'ai envie d'en découdre avec les deux ados mais j'ai trop peur de me mettre en disgrâce auprès de toute la cellule. Finalement, quelques instants plus tard, tandis que je ronge encore mon frein, une gardienne entre dans la cellule puis en ressort mon paquet de fringues sous le bras. Bon. Fausse alerte. Les ados ne m'ont pas rackettée. Je suis juste une conne.

Plusieurs heures s'écoulent sans que personne ne m'adresse plus la parole ni ne vienne me chercher. Ce n'est qu'en fin de journée qu'un rayon de soleil apparaît. C'est Hafida qui approche de mon lit. Hafida est douce, parle lentement et sourit beaucoup. Elle se présente et me dit avant toute chose de ne pas m'inquiéter. Soit mon anxiété se lit sur mon visage, soit toutes les prisonnières ont besoin d'entendre les mêmes mots à leur arrivée. Hafida dit : ici personne ne te fera de mal, on est comme une famille. Je pense : une famille sacrément matriarcale. Hafida dit : tu as eu de la chance d'atterrir ici, ailleurs c'est pire, tu peux dormir tranquille. Je pense : c'est quoi *pire* enfin ? Il ne lui faut pas beaucoup de temps pour amadouer la guenon marginale. Elle a dans la voix ce qu'il faut de calme et de chaleur. Je balaie à nouveau la pièce des yeux, et c'est un autre tableau qui apparaît. Redessiné par la voix tranquille d'Hafida. Les sorcières sont devenues de gentilles petites vieilles, les racketteuses des sœurs bienveillantes, et le pavillon D, un refuge dans la tempête. Avant de prendre congé Hafida m'offre un morceau de pain et une dose individuelle de beurre. Faute de couvert je l'étale directement avec le doigt et dévore ma tartine avec grand appétit debout contre mon lit superposé. Le beurre est insipide et le pain rance mais je me régale. Mon petit repas avalé je me hisse sur ma couchette et j'observe. Toute la soirée j'observe. Et toute la soirée je suis observée. C'est un dialogue sans paroles qui se joue, de prunelles à prunelles. Qui es-tu ? D'où viens-tu ? Qui me seras-tu ? Peu de temps après, une gardienne ordonne le couvre-feu. Après un rapide comptage dans le couloir toutes les détenues sont enfermées à double tour pour la nuit. Il est 20 heures à la pendule. Après le dîner, auquel je décide de ne pas prendre part, les femmes regagnent une à une leur couchette, végètent devant le poste de télévision, puis enfouissent leurs visages sous leur drap, ferment leurs rideaux, se tournent face au mur, s'effacent. Je me rassure en me disant qu'Hafida est là qui veille sur moi et je parviens peu à peu à me laisser aller moi aussi. Je glisse contre mon matelas et à mon tour, je disparais.

Le deuxième matin de ma nouvelle vie de prisonnière est maussade. Je suis triste dès le réveil. La nuit m'avait fait oublier ma détention et quand j'ouvre les yeux la réalité me revient comme une gifle au visage. Je commence à comprendre douloureusement qu'il y a peu de chance pour que je sorte d'ici aujourd'hui, ni demain, ni probablement après-demain et que je risque de vivre encore de nombreux réveils comme celui-ci. Mais tandis que je peine à émerger de ce pénible cauchemar, le train-train quotidien de la cellule s'est déjà mis en place. Si je veux tenir le coup je vais devoir m'adapter. Marche ou crève paraît-il. Alors je marche, en traînant la patte mais je marche. Je frotte mes yeux encore tout collés de la nuit et redresse ma queue-de-cheval, puis je reboutonne ma chemise et remonte mon pantalon d'Obélix. Ainsi un peu arrangée je descends de ma couchette pour affronter cette nouvelle journée. La plupart des détenues sont déjà debout, certaines prennent leur petit déjeuner, d'autres replient leur couverture et rangent leur matelas. Il n'y a pas assez de lits pour tout le monde, des détenues ont dormi tête-bêche dans la même couchette, ou même par terre sur des matelas de mousse. Pour que nous puissions à nouveau circuler dans la pièce ces dernières doivent rapidement démonter leur campement, et empiler leur literie de fortune en équilibre sur la cloison du box des sanitaires. C'est toute une organisation, mais chacune connaît sa partition. Quelques retardataires bâillent encore, assises en tailleur sur leur lit. Les cheveux en bataille et les plis du drap imprimés sur le visage, elles ne semblent pas pressées de se lever. Les plus jeunes particulièrement (certaines doivent avoir à peine dix-huit ans) rechignent à s'activer. Mais les plus âgées leur secouent les puces. Ici il faut se lever tôt pour ne rien faire de la journée. Peu avant 8 heures une gardienne ouvre la porte avec fracas et nous devons à nouveau sortir dans le couloir pour le comptage. Hier, je me suis laissée porter par le courant sans bien comprendre ce qui se passait, mais cette fois je sais ce que l'on attend de moi. S'aligner en rang par deux contre le mur de droite, maintenir le bon écart, regarder devant soi et se taire, comme des élèves avant la classe. Je suis presque fière d'avoir intégré un premier protocole, de faire tout comme il faut sans me faire reprendre et de ne pas avoir l'air, pour une fois, aussi désorientée qu'une poule sans tête. Je me tiens, sage et silencieuse, à côté de mon binôme, une colosse d'un bon mètre quatre-vingts à la mine fermée et qui, à 8 heures du matin, sent déjà la sueur et le tabac. Elle n'a pas l'air commode mais heureusement de sa hauteur elle ne semble même pas me voir. « *Zouz !* » crie la gardienne en commençant le pointage. Je compte en même temps qu'elle : 2, 4, 6, 10, 20… 28, le compte est bon ! Dans le pavillon cela fait à peine plus d'un mètre carré par personne, il y a de quoi suffoquer. L'équipe au complet est autorisée à réintégrer les lieux. Je me demande ce qu'il se passe quand le compte n'est pas bon. Est-ce qu'une alarme retentit dans toute la prison ? Est-ce qu'un escadron de gardiennes surgit en courant fusil à la main ? Est-ce que des dobermans sont lâchés à la poursuite de l'évadée ? Je voudrais pouvoir poser les mille questions qui me brûlent les lèvres mais à qui, comment ? Je n'en ai de toute façon pas le temps puisque le comptage si tôt fini la porte se referme derrière nous. Chacune reprend nonchalamment ses activités, tandis que je reste plantée au milieu de la pièce, pantoufles aux pieds, une main accrochée à mon pantalon XXL pour qu'il ne tombe pas, ne sachant que faire de moi. Je jette un coup d'œil à la pendule, il est 8 h 15. La journée vient à peine de commencer, seize heures me séparent de l'extinction des feux. Que vais-je bien pouvoir faire de tout ce temps ? Hafida remarque mon embarras et vole à ma rescousse. D'un signe de la tête elle m'invite à la rejoindre pour partager le petit déjeuner. Elles sont déjà cinq installées autour de la petite table de dînette. L'une d'elles veut me céder le seau retourné qui lui sert de tabouret, mais je décline poliment et m'installe (en tâchant de prendre le moins de place possible) sur le rebord d'un lit. Ne sachant comment me comporter ni comment entamer le dialogue je souris bêtement, à tout le monde, sans rien oser toucher. Je me sens encore si étrangère à tant d'égards, que tout, même les simples usages sociaux, est à réapprendre. Je suis un nouveau-né dans un nouveau monde dont les codes, les rites et la langue m'échappent totalement. Je vais pourtant devoir grandir vite pour m'en sortir dans cet univers hostile et inconnu. Heureusement quelques codétenues semblent s'être décidées à faire mon apprentissage. Il commence dès maintenant, par une leçon de vocabulaire.

Hafida et les camarades avec qui je partage ce matin le petit déjeuner, visiblement amusées d'avoir une étrangère à leur table, m'enseignent le nom de tout ce qu'elles me tendent : *khobz* le pain, *halib* le lait, *mé* l'eau, *zebda* le beurre, je répète chaque mot pour le mémoriser. Vient ensuite le mobilier (le seau, la table, le lit), puis les formules de politesse (bonjour, bonne nuit, s'il te plaît, merci) et les mots usuels (oui, non, donne, attends, viens). Entre deux bouchées, je m'applique à tout prononcer correctement, et au bout de quelques essais je parviens à reproduire approximativement les sons, à la grande satisfaction de mes professeures. Je n'ai aucune notion d'arabe mais suffisamment de mémoire phonétique pour me constituer un petit kit de survie lexical. Je tâche d'enregistrer les phrases qui me seront les plus pratiques pour, par exemple, emprunter un objet, taxer une cigarette ou m'adresser aux gardiennes. J'apprends au passage qu'ici on les appelle toutes « *Orti* » ou « Ma sœur » en français. Cela me semble un peu étrange mais je n'obtiens pas plus d'explications, c'est juste « comme ça », me répond Hafida en se beurrant une tartine. Le petit déjeuner fourni par la prison se compose d'une tasse de lait, d'un pain et d'une ration de beurre par personne. Libre à nous de les manger tout de suite ou de les faire durer jusqu'au soir. Le pain est léger comme une plume et sa mie se décolle de la croûte, le beurre est huileux, le lait est tiède et grumeleux, mais j'ai faim et je suis trop heureuse de partager avec elles ce premier moment de convivialité pour faire la fine bouche. Après le vocabulaire, nous passons aux règles de vie. Toutes se relaient pour m'enseigner les principes élémentaires de la Manouba. D'abord les repas : ils sont très aléatoires, la ration de pain et de beurre est fixe, le reste plus fluctuant. Parfois du lait, parfois un yaourt, parfois de la confiture, parfois même en été un petit pot de crème glacée (mais pas gratuit), parfois rien du tout. Dans la journée – on ne sait jamais exactement à quelle heure – un plat unique est servi en cellule. Le seau est déposé au milieu de la pièce, tout le monde peut se servir. Ça n'est pas toujours fameux et ça peut rendre malade, elles me recommandent donc de faire mes propres réserves. Pour cela il y a la Cantine mais les produits y sont globalement hors de prix et les rayons se vident très vite. La meilleure solution reste de me faire apporter de la nourriture au parloir, mais comme je n'ai ni famille ni relation à Tunis, ce n'est pas là-dessus que je vais pouvoir compter. On s'arrangera, me promet Hafida dans un petit clin d'œil. Enfin, comme partout, il y a le marché noir mais là-dessus elles ne veulent pas m'en dire plus pour le moment. Pour la vaisselle, c'est plus compliqué reconnaissent-elles, il faut s'en procurer de l'extérieur ou en emprunter aux autres détenues, qui ne se montrent pas toujours très prêteuses. Il faut les comprendre, on manque de tout ici, s'excuse Hafida. Toutefois, pour me donner un coup de pouce, elle décide de m'offrir une assiette en plastique de sa propre réserve. Je mesure la valeur du sacrifice et la remercie chaleureusement. Je ne sais pas comment je vais me débrouiller pour dégoter le reste mais c'est un bon début. Pour le linge, comme rien n'est fourni, là encore il faut s'en faire apporter de l'extérieur. Mais dans le pavillon D il y a tout de même de la solidarité, d'ailleurs ce sont elles qui se sont organisées hier pour me fournir les vêtements que je porte et les draps dans lesquels je dors. Je l'ignorais et je suis presque gênée à présent du regard méprisant que j'ai porté sur la tenue qui m'a été généreusement offerte. Il faut savoir, me disent-elles en baissant la voix, que dans d'autres pavillons les détenues vivent parfois des semaines avec les mêmes vêtements sales sur le corps avant de parvenir à s'en procurer de nouveaux.

Samira, une détenue d'une trentaine d'années assise à notre table, se souvient bien de ses débuts difficiles à la Manouba. « Quand je suis arrivée ici, j'ai d'abord été placée dans un pavillon surchargé avec plus de cinquante autres femmes, où absolument tout manquait, les vêtements, les matelas, les couvertures, la nourriture et même les chaussures. Je suis restée pieds nus pendant deux mois en plein hiver avant d'obtenir une place dans le pavillon D et la paire de claquettes que j'ai aux pieds. Ça a été terrible ! » Une précarité que Samira, institutrice respectée d'un beau quartier de Tunis, n'avait jamais connue auparavant. Ce fut pour elle un choc. Condamnée pour adultère, il lui reste quatre ans à passer dans ce trou, m'explique-t-elle dans un français parfait, et elle ne peut compter que sur elle-même. L'infidélité d'une femme, réelle ou supposée, en plus de ruiner sa réputation, jette souvent l'opprobre sur sa famille tout entière. Les parents, les frères et les sœurs de Samira, s'estimant salis par son crime, lui ont tourné le dos. Quant à son mari, il ignore ses courriers et la prive de nouvelles de ses enfants. La communication rompue, tout espoir de libération anticipée s'est envolé, car il est le seul à pouvoir la faire sortir d'ici. Un courrier de sa part et Samira serait libre. Tel est le pouvoir olympien des maris sur leurs épouses. D'un pouce dans l'arène, ces petits césars scellent le destin des femmes qu'ils possèdent. Ils sont nombreux à utiliser cette loi pour se débarrasser d'elles et obtenir la garde de leurs enfants. Une fausse accusation suffit à les envoyer aux oubliettes pour cinq longues années et à les discréditer pour une vie entière. Abandonnée par les siens, Samira doit sa survie matérielle à ses camarades du pavillon D. Je baisse les yeux sur mes pantoufles élimées, réalisant la chance que j'ai de ne pas avoir à déambuler pieds nus dans les couloirs.

Emportées dans la conversation nous en oublierions presque l'heure, une détenue au chignon serré, crocs aux pieds et blouse bleue sur le dos, nous rappelle à l'ordre. Aussitôt mes camarades s'activent pour débarrasser. Le mobilier est rare (trois petites tables en plastique et pas plus d'une dizaine de seaux tabourets pour vingt-huit détenues) et nous devons céder la place pour que d'autres puissent s'installer pour déjeuner. Mais là encore l'organisation est bien rodée, et le roulement s'exécute facilement. Les restes de nourriture sont rangés dans des seaux, les cuillères et les tasses en plastique rincées au robinet, et les miettes ramassées avec un chiffon. Pleine de bonne volonté j'essaye de participer, mais j'ai l'impression de gêner comme un enfant à la cuisine. Je jette un œil à la pendule, il n'est que 9 heures. La journée promet d'être longue. Je passe le reste de la matinée près d'Hafida qui en bonne préceptrice continue mon instruction. Les détenues qui portent des blouses bleues travaillent pour la prison. En échange de quelques tickets de cantine elles occupent des postes d'entretien ou de logistique, à la cuisine notamment. C'est un privilège car ces postes sont très convoités. Ce sont en général les « longue peines » qui les obtiennent. Les coupons gagnés leur permettent de moins solliciter l'aide de leurs familles et le travail occupe un peu leur temps. Quand elles rentrent au pavillon, en milieu d'après-midi, il faut tout de suite libérer les sanitaires car elles ont la priorité absolue. Elles ont besoin de se laver et de se reposer, il ne faut surtout pas les déranger, insiste Hafida. Je comprends que ces travailleuses en blouses bleues occupent le haut du panier, et leurs « longues peines » me laissent deviner ce qui d'autre part leur vaut tant de déférence. Ne pas traîner dans leurs pattes, l'information est bien enregistrée. La Blouse bleue au chignon serré, s'attarde un moment pour donner des instructions en arabe, criant surtout sur les plus jeunes. Les détenues s'activent à ses ordres. Hafida, qui a attrapé un balai pour nettoyer le sol, poursuit la voix off. « C'est la Cabrane, la cheffe de la cellule », m'indique-t-elle. Elle tient son nom d'un grade militaire. On doit lui obéir, ici c'est elle qui commande. Si on a besoin de quelque chose c'est à elle qu'il faut demander. Mais méfiance, car elle est de mèche avec les gardiennes. Ça, elle n'avait pas besoin de me le préciser. Rien qu'à observer le personnage, j'ai tout de suite compris qu'il ne fallait pas s'en approcher. Petite, carrée et nerveuse, les sourcils toujours froncés et le regard noir, elle a l'air d'un sanglier constamment en colère. Après s'être assurée que le ménage se mettait correctement en route, la Cabrane quitte la cellule dans un grognement. Les travailleuses parties, nous ne sommes plus qu'une vingtaine dans la pièce, on respire un peu mieux. Une grande partie des détenues s'affairent au grand ménage. Les tables sont nettoyées au savon et montées sur les couchettes, puis le sol est entièrement balayé. Hafida m'apprend qu'on le nettoie ainsi trois fois par jour, dont une fois à grandes eaux. Les miettes attirent les rats et les cafards qui, avec l'été qui approche, sont de plus en plus nombreux. Je tressaille en apprenant la nouvelle. J'ai bien vu les cafards gambader depuis mon arrivée, mais des rats ! « C'est pour ça qu'il faut bien replacer le broc sur le trou des toilettes » poursuit Hafida, « c'est par là qu'ils entrent, et attention ils mordent », me précise-t-elle impassiblement avant de changer de sujet, alors que j'écarquille les yeux, horrifiée. Il faut mettre quelques gouttes de lessive dans l'eau froide pour l'odeur, et beaucoup d'huile de coude. Les gardiennes exigent un maintien rigoureux de l'ordre et de la propreté, mais ne fournissent que les balais. Il faut se débrouiller, comme pour tout ici. Hafida me prévient que si j'en suis dispensée pour l'instant, je devrai moi aussi m'y atteler dès demain, aussi, je dois observer attentivement la méthode. Le passage de la serpillière surtout est très orchestré : on jette de l'eau avec un seau depuis l'entrée de la chambre et on la rabat jusqu'aux sanitaires avec les balais raclettes, d'abord dans l'allée centrale, puis latéralement sous les lits. Un bon centimètre d'eau se déverse d'un bout à l'autre de la pièce emportant dans une vaguelette toutes les miettes vers le fond. Les gestes sont précis, chorégraphiques. Les détenues s'activent énergiquement pieds nus sur le carrelage trempé, se déplaçant à petit pas pour ne pas glisser. Toutes reproduisent exactement les mêmes mouvements (pousser la raclette, frapper au sol deux fois, revenir en arrière, recommencer) avec la cadence régulière de marins qui nettoient le pont. Pendant ce temps les autres détenues les observent en silence depuis leurs couchettes, les yeux dans le vague, comme bercées par la danse chaloupée des petits mousses. Après le grand nettoyage, il faut tuer le temps comme on peut (c'est-à-dire à tout petit feu), jusqu'à l'heure du déjeuner. Certaines ferment les yeux pour tenter de s'assoupir, d'autres arrangent leur toilette ou leur quartier, quelques-unes se rejoignent en duo ou en trio sur un lit pour bavarder en fumant des cigarettes. La moindre action est entreprise avec une extrême langueur, comme pour savourer les sources d'occupations. Je découvre assez vite à quel point les journées en prison peuvent être douloureusement longues. Mais galvanisée par les leçons d'Hafida et de sa bande, je décide de m'activer. Il n'est pas question de me laisser mourir de consomption dans mon lit. Si je ne veux pas finir cinglée, rachitique, sale et pleine d'escarres je dois me bouger, améliorer comme je peux mon quotidien, apprendre à être une prisonnière. Je commence déjà à intégrer les règles essentielles à ma « survie » en milieu carcéral : organisation, socialisation, activité.

En tailleur sur mon lit, je me lance pour commencer dans un inventaire des objets en ma possession. Des pantoufles, une chemise à fleurs, un pantalon XXL, deux culottes, un soutien-gorge déchiré sans baleines, une brosse à dents, une assiette, un stylo et un livre de voyage. J'étale tous mes biens devant moi, comme après une séance de shopping. Ça n'est pas Byzance, mais c'est mon trésor. Je comprends toutefois que quelques objets fondamentaux vont vite me faire défaut, comme des couverts, du papier toilette, du savon ou du dentifrice. J'ai pu observer ce matin que mes codétenues étaient bien équipées, brosses à cheveux, gel douche, shampoing, serviettes de toilettes, vêtements propres, c'est qu'il doit bien y avoir des solutions pour se procurer du matériel. Je plie le drap qui m'a servi de couverture et range soigneusement mes petites affaires sous le carré de tissu. Ma « chambre » ainsi rangée, je décide de passer l'épreuve des sanitaires. La douche à proprement parler n'étant toujours pas au programme, je me résigne à me laver, comme les autres, avec les moyens du bord. Haut les cœurs, comme au camping, et c'est toute une gymnastique. Il faut suspendre mes vêtements en hauteur, pousser mes pantoufles dans un coin pour ne pas les mouiller, avancer sans glisser sur la pointe des pieds, éviter le trou des chiottes plein de merde et de cafards, me courber au plus près du robinet, et prendre une grande inspiration avant de me jeter l'eau glacée sur la poitrine. Je suis d'une maladresse pathétique. Complètement embourgeoisée dans mes habitudes de citadine, je m'y prends comme un manche pour me laver « à l'ancienne ». Mes vêtements tombent dans les flaques, je glisse en voulant les rattraper, me cogne contre le robinet, renverse le broc, et provoque un mini raz-de-marée sous la porte. Je n'ai pas encore de savon et dois me contenter de me frictionner vigoureusement à l'eau claire, je remets la question des cheveux à plus tard. Je patiente cinq minutes toute nue dans les toilettes, le temps de sécher un peu avant de me rhabiller. Me voilà déjà un peu plus propre, je dois admettre que ça fait du bien. Je regagne ma couchette et les mains derrière la tête, je termine de sécher sous le ventilateur.

En milieu de matinée deux gardiennes viennent me chercher et m'informent que je vais devoir sortir de la prison pour aller enregistrer mes empreintes digitales. Je découvre un nouveau protocole, dont je tâche de bien enregistrer les étapes. Il faut d'abord remonter le couloir jusqu'au hall principal, puis s'aligner contre un mur en attendant qu'une blouse bleue nous distribue des foulards islamiques. Ici on les appelle *sefsari* et nous devons obligatoirement les revêtir avant chaque sortie. Ensuite, passage forcé par la salle de fouille afin que les gardiennes s'assurent que nous n'exfiltrons rien hors de la prison. Cela me paraît complètement absurde puisque les mêmes gardiennes se sont assurées la veille que nous n'y faisions rien entrer, mais j'obtempère en serrant les dents. Une fouille à nu plus tard, nous devons de nouveau nous aligner et patienter dans un couloir avant d'être menottées en rang par deux. Quand toute la cordée a été fouillée et harnachée nous pouvons avancer. Le fourgon de transfert nous attend dans la cour. La grande porte d'enceinte a été refermée derrière lui de sorte qu'il nous soit impossible d'apercevoir le monde extérieur, comme d'en être aperçues. Le véhicule est un satellite dans le ventre du vaisseau mère. Le système est pensé pour que nos pieds ne puissent jamais se poser en terre libre. Il ne reste que le ciel pour s'échapper. J'avale une grande rasade de carré bleu avant d'être enfournée dans le camion. Il va falloir de nouveau endurer un terrible trajet dans cette obscurité étouffante. Je sens monter l'angoisse. Il doit être environ midi, il fait une chaleur à crever, je sue à grosses gouttes sous mon sefsari. Nous démarrons. Ballottée de gauche à droite, je me cramponne pour garder l'équilibre, mais mes pantoufles patinent sur le sol poussiéreux du camion. Mes tartines et mon lait font des loopings dans mon estomac, je me sens pâlir un peu plus à chaque virage. Après une longue route le calvaire s'achève enfin, il était temps, je suis au bord du vomissement. Mes jambes manquent se dérober sous mon poids quand je saute du fourgon. Éblouie par le soleil je titube sur plusieurs mètres avant de parvenir à avancer normalement. Mes camarades de cordées sont elles aussi à la peine, nous trébuchons et nous pressons les unes contre les autres comme un troupeau de moutons déchargé d'un camion à bétail. Nous avons été conduites dans ce qui semble être une autre prison, mais j'ignore si nous sommes toujours à Tunis. Le trajet pénible m'a semblé long mais je mesure difficilement les distances et le temps depuis l'obscurité étouffante du fourgon. À en juger par la hauteur du soleil dans le ciel, il doit être à peu près midi. On nous libère de nos menottes avant de nous mener en file indienne jusqu'à une petite salle au plafond bas à peine éclairée par d'étroites fenêtres. Ici, contrairement à la Manouba, on ne croise que des gardiens, ce qui me laisse penser que nous devons être dans une prison pour hommes, mais je ne suis sûre de rien. Il pourrait aussi s'agir d'un vaste commissariat. Nous pénétrons chacune notre tour dans un bureau adjacent où un officier se charge de prendre nos empreintes à l'aide d'un gros rouleau encreur. Il le fait rouler sur mes paumes puis sur mes doigts avant de les écraser sans ménagement sur ses formulaires. Il me broie les métacarpes avec son poing pour s'assurer que l'encre s'applique correctement sur le papier. Ses propres mains en sont recouvertes comme des tatouages indélébiles. Une fois nos empreintes prises, il nous accorde un court instant pour nous laver les mains et j'en profite pour me désaltérer. Je bois avec l'avidité d'un chien qui se rue sur sa gamelle. Sur le mur près du lavabo je découvre des centaines de traces de doigts qui s'entremêlent en une œuvre collective certainement initiée il y a de nombreuses années. Avant de me rincer les mains, je pose mon index sur le plâtre, laissant à mon tour mon empreinte dans la petite Lascaux des prisonnières. Dans un second bureau, un officier nous prend en photo, face, profil, tatouages, le topo habituel. Je pivote de gauche à droite, en quart de tour, docilement, tenant devant moi une feuille de papier sur laquelle figure un numéro. Je jetterais bien un œil aux clichés, par curiosité et parce que je ne me suis pas vue dans un miroir depuis plusieurs jours, mais je suis rapidement poussée vers la sortie. Mon image, elle, part rejoindre celles de milliers d'autres prisonnières dans le disque dur de son ordinateur. Je suis un peu bouleversée à l'idée d'apparaître sur ce triste trombinoscope. C'est une famille à laquelle je n'aurais jamais pensé appartenir un jour. Les autres passagères du fourgon défilent à ma suite tandis que je patiente debout dans un couloir. En moins d'une demi-heure l'opération est terminée et nous sommes renfournées dans notre fourgon, direction la Manouba. À partir de là, le fil se rembobine, menottes, trajet, fouille, file indienne, sefsaris et retour au bercail.

Je rentre épuisée de cette escapade et assommée par l'absurdité de ces formalités. Il aura fallu trois heures, deux horribles trajets en camion et deux pénibles fouilles à nu pour une simple prise d'empreintes et quelques photos. Pourtant, je ne suis pas au bout de mes peines. En milieu d'après-midi on vient de nouveau me chercher pour passer cette fois un test de grossesse, bien que je leur aie assuré qu'il n'y avait absolument aucune chance que je sois enceinte. Le test est strictement obligatoire pour toutes les détenues. Quant aux conditions dans lesquelles il est opéré, elles sont assez rocambolesques. C'est une sorte de relais olympique durant lequel les concurrentes doivent pisser dans un pot de yaourt, traverser la prison en enjambant les fossés des couloirs en travaux, esquiver les remarques cinglantes des matonnes qui assistent à la course, slalomer entre les détenues aux têtes de poissons morts qui patientent devant le service médical, tendre le pot à une gardienne en blouse blanche pour qu'elle y trempe une bandelette test, vider leurs urines dans l'évier, puis faire le chemin inverse à vide, pour aller transmettre le pot de yaourt à leurs coéquipières. Lors de mon passage, par malchance, je glisse dans la poussière d'un couloir éventré. Mon genou gauche vient s'éclater contre le carrelage et la moitié du contenu de mon pot de yaourt gicle sur mon visage et ma poitrine. Deux gardiennes qui ont assisté à la cascade explosent de rire, sans s'inquiéter un seul instant que je puisse m'être fait mal. Je dois me mordre les lèvres pour ne pas leur hurler toutes les insultes de mon répertoire. Je suis en pantoufles, couverte de pisse, au fond d'une prison, dans un pays étranger, face à deux gardiennes qui se payent ma tête sans que je puisse répliquer et pourtant je dois trouver la force, quelque part, tout au fond, de me redresser et de poursuivre ma traversée. J'essuie ma joue du revers de la main, je lève le menton, je prends une grande inspiration et mon genou tuméfié, ma pisse et moi reprenons notre route, en boitant le plus dignement possible. Dans la salle d'examen la gardienne en blouse blanche trempe la bandelette test dans mon urine avant que je la vide dans l'évier. Puis d'un geste de la main, elle me fait signe de déguerpir, sans me communiquer de résultat. Les utérus des détenues eux aussi tombent sous le contrôle totalitaire de la prison. Je dois repartir pour transmettre le pot de yaourt à la suivante. Le récipient n'est pas rincé entre deux tests, ce qui en dit aussi long sur la fiabilité des résultats que sur le sérieux du service médical de la prison. Si des pots de yaourt leur servent d'éprouvettes, avec quoi administrent-elles les médicaments ? Comment recousent-elles les plaies ? Avec quels instruments nous auscultent-elles ? J'aimerais vraiment ne pas avoir à le découvrir. L'épisode affligeant a cependant le mérite de m'offrir une percée plus lointaine dans les entrailles de la prison. Je découvre que le complexe pénitentiaire est bien plus grand que ce que je pensais, un couloir semblant toujours déboucher sur un autre. Je devine que les bâtiments s'organisent autour de petites cours carrelées mais j'ignore leur nombre total. Lors du trajet de retour vers mon pavillon, je lorgne de gauche à droite pour repérer les lieux clés de mon nouvel environnement : la cour de promenade, les douches que je n'ai pas encore eu la chance d'utiliser, la cantine d'achats dont les rayons sont complètement vides, un bureau porte close estampillé « Assistante sociale », ou encore la cuisine dont des nuages de vapeurs s'échappent et où s'affairent des détenues en blouses bleues. Je n'en perds pas une miette. Je n'aperçois pas d'autres cellules mais elles ne doivent pas être loin à en juger par les cris qui me parviennent. De retour dans mon pavillon, je fais mentalement le plan de mes découvertes, toujours obsédée par l'idée de me géolocaliser, ne serait-ce que dans l'espace clos de ce bâtiment tentaculaire. À ce stade d'exploration la carte de la prison n'occuperait pas plus qu'une omoplate si je me la tatouais dans le dos façon *Prison break*, mais bizarrement je respire un peu mieux. Découvrir mon environnement me permet de m'y projeter abstraitement et d'y déambuler par la pensée. C'est toujours mieux que le trou noir de l'inconnu.

Il est 17 heures quand je regagne ma couchette et de nouveau le temps ralentit. La plupart des détenues sont allongées sur leur lit, le regard vide, comme terrassées par l'ennui. Je dormirais bien quelques heures pour passer le temps mais la chaleur m'en empêche. Les pales du ventilateur ne font que brasser l'air chaud. J'attrape le livre de voyage que j'ai été autorisée à garder avec moi, *Les Contemplations* de Victor Hugo. C'est assez ironique pour quelqu'un qui n'a rien d'autre à contempler qu'un plafond et des murs décrépis. Le vieux barbu sur la couverture me fixe d'un œil circonspect. Oui moi aussi Victor je me demande ce que je fous là. J'entame la lecture de quelques poèmes, l'un d'eux retient mon attention. Une histoire assez gaie de fauvettes et de rossignols sifflant à l'oreille de vieux arbres mélomanes, qui me transporte l'espace d'un instant loin des odeurs d'égout, des pleurs, des cris et des barreaux. Vers 20 heures, après que toutes les détenues ont regagné la cellule et se sont débarbouillées, les tables en plastique et les seaux sont ressortis pour le dîner. Par petites grappes les femmes s'installent autour d'une table ou sur le rebord d'un lit, pour partager le repas. Certaines sortent des Tupperwares de leur stock personnel, d'autres se servent dans le seau de ragoût apporté dans l'après-midi. Je me décide à me servir une assiette. En soulevant le couvercle je découvre une bouillie rouge dans laquelle flottent des haricots blancs, quelques morceaux de pommes de terre et de maigres filaments de viande. Je ne dirais pas que c'est appétissant mais je ne fais pas la difficile. Encore timide, je n'ose pas me mettre en quête d'une cuillère et me contente pour l'heure d'un morceau de pain ou de mes doigts pour porter les aliments à ma bouche. Assise sur un seau retourné, mon assiette sur les genoux, je mange seule dans le brouhaha de la cellule. Après le repas, je prends mon courage à deux mains pour me rapprocher de la petite bande d'Hafida. Elles ont l'air d'un groupe d'amies presque normal, qui bavardent en fumant des cigarettes. Hafida a remarqué ma présence et me fait une petite place sur le lit tandis qu'une de ses camardes me tend une cigarette. Ainsi autorisée à rester j'essaye de m'intégrer. Je ne comprends rien aux discussions mais je suis heureuse de pouvoir faire semblant. Je rigole quand elles rigolent, j'acquiesce quand elles acquiescent, je fume toutes les clopes qu'elles m'offrent et je répète tous les mots d'arabes qu'elles veulent que je prononce, ce qui les amuse beaucoup. Hafida, assise à côté de moi, anime la conversation. Elle est pleine d'attentions pour les unes et les autres, comme si c'était elle, ce soir, qui recevait. Quand elle me sent un peu perdue dans la conversation elle prend ma main pour me rassurer, et c'est alors que me vient une drôle d'idée. Je tourne sa paume vers moi, puis je passe un doigt dans les sillons de ses lignes pour en détailler les coupures et les croisements. Quand je relève la tête, le silence s'est fait autour de la table. La petite bande s'est figée et me fixe les yeux écarquillés, comme un troupeau de chevreuils surpris dans les phares d'une voiture.

C'est ma mère qui m'a appris à lire les lignes de la main quand j'étais adolescente. Je me suis perfectionnée à la fac avec des copines, avant qu'un livre d'ésotérisme dégoté dans une bouquinerie vienne achever ma « formation ». Je ne suis pas voyante, je n'ai aucun don, je n'y crois même pas. J'ai souvent jeté un œil dans les paumes des gens que je rencontrais parce que l'idée que leur destin puisse être gravé dans leur peau m'amusait, mais ça n'a jamais été qu'un jeu. Mon CV en sorcellerie est maigre, je ne suis pas mystique, je n'ai aucune foi, ni aucune prédisposition, si ce n'est un vieil aïeul rebouteux. J'ai pris la main d'Hafida et ausculté sa paume comme je l'avais fait des dizaines de fois auparavant, pour établir le contact, pour m'occuper. Mais ce soir le geste n'est pas anodin. Les yeux d'Hafida brillent comme deux comètes en feu et se plantent dans les miens. Elle veut savoir ! En deux temps trois mouvements un salon de chiromancie s'installe. Les verres et les cendriers sont débarrassés, la table en plastique est poussée entre nous, et Hafida prend place solennellement en face de moi, à cheval sur un seau retourné. La petite bande fait concert autour de nous, il ne manque plus au tableau que la nappe à frange et la boule de cristal. Hafida replace sa main bien à plat entre les miennes et tout le monde retient sa respiration. Je ne peux plus me défiler. Je commence par détailler sa ligne de vie, de gauche à droite, puis sa ligne d'amour, de droite à gauche, tâchant de réunir tous mes souvenirs sur le sujet. J'analyse les croisements, les dédoublements, les coupures et les ponts, j'interprète, je diagnostique, je fais le show aussi un peu. La bande rit, s'amuse, lance des youyous, penchée comme une seule femme au-dessus de nos mains. Quand je lui dis que ses lignes sont aussi belles et nettes que les rayons du soleil, Hafida n'est pas surprise. C'est vrai qu'elle est née sous une bonne étoile, confirme-t-elle, son destin était tout tracé. Avant cet « accident de parcours » elle avait toujours suivi la trajectoire parfaite qu'on avait dessinée pour elle. Mais un jour, elle a dérapé. Très vite ce n'est plus moi qui parle mais elle qui raconte, et je me tais pour l'écouter.

Elle est née dans les beaux quartiers de Tunis, d'une mère et d'un père aimants qui ont tout fait pour lui assurer un bel avenir. Elle a reçu une éducation, certes sommaire, mais suffisante pour les fonctions qui l'attendaient. En classe elle a appris à lire, à écrire et à compter, à la maison, à cuisiner, à coudre et à faire le ménage. Surtout on lui a enseigné dès le plus jeune âge les manières et ce qu'on attendait d'une « bonne fille ». Rentré dans le crâne même on pourrait dire, au marteau et au burin. Elle n'a jamais eu pour autre ambition que de devenir cette « bonne fille », pour être ensuite une « bonne épouse » et une « bonne mère ». Elle n'a jamais eu d'autre perspective que ce destin conjugal. Son bonheur était écrit. D'ailleurs voyez, nous harangue-t-elle, là, dans sa paume, comme tout est rectiligne, parfait, lisse, inéluctable. Elle a suivi le chemin docilement, elle est devenue celle qu'on voulait qu'elle devienne. Elle a grandi jugulée par un tuteur familial, culturel, social, l'empêchant de pousser un centimètre de travers, ou de trop. C'était comme ça pour les femmes de son milieu. Ses origines petites-bourgeoises se devinent dans ses mains douces, ses ongles soignés, ses sourcils tatoués et ses oreilles percées. Elle détonne dans le pavillon D avec sa bonne mine, ses tenues assorties, ses cheveux bien peignés et ses sandales neuves. Hafida est ce qu'on appelle une « criminelle en col blanc ». Elle a toujours vécu dans le confort, elle ne s'en cache pas. Elle a eu une vie facile, une famille aimante, de l'éducation, des vacances à la mer, puis un mari travailleur et honnête (bien choisi par ses parents), des enfants, une belle maison entourée d'un jardin fleuri, des réceptions, de l'opulence. Rien dont elle ne devrait se plaindre en vérité, si ce n'est cette sensation, ce poids dans la poitrine. D'abord une toute petite boule au coucher, qui était devenue de plus en plus présente, dès le réveil. L'impression de manquer d'air dans cette maison, dans ce foyer, dans cette vie étriquée. L'envie d'envoyer balader les plateaux de pâtisseries, les paniers de linge, et même les gosses parfois, par la fenêtre. L'étrange sensation de ne pas s'appartenir. D'appartenir aux autres, de satisfaire leurs egos, leurs envies, leurs ambitions, leurs rêves, et d'être l'esclave de cette vie familiale, de ces enfants – elle a beau les aimer – arrivés trop vite, de ce mari dont il faut s'occuper comme d'un petit roi capricieux et impotent. Le sentiment effroyable par instants d'un grand vide intérieur. De ne plus rien ressentir. Alors elle avait voulu faire un test, approcher sa main du feu pour voir si ça brûle.

Hafida c'est l'histoire d'une sortie de route. D'une femme qui glisse. Qui dérape. Qui craque. Et qui renverse la table. Elle n'a pas honte de le dire et je ne dois pas creuser beaucoup pour qu'elle en vienne aux faits, à sa « petite bêtise » comme elle l'appelle. Elle en parle facilement puisque ça n'est pas bien grave, assure-t-elle. Elle raconte volontiers son histoire et semble même s'enorgueillir de cet accroc canaille dans son parcours bien lissé, comme un trou de cigarette dans une chemise en soie. elle a l'air fière d'avoir désobéi, d'être pour une fois dans sa vie sortie des carcans, d'avoir fait mentir la netteté exaspérante de sa ligne de vie. Tout avait commencé par des chèques. Plusieurs, beaucoup oui, elle n'a pas compté. Ça lui avait semblé si facile, un bout de papier, une signature et hop. Elle s'était sentie grisée de faire pour la première fois quelque chose d'interdit, de mal. Elle frémit en le disant. Elle avait pris du plaisir à mentir à son mari quand il l'interrogeait sur la provenance de certains vêtements ou bijoux. Ce petit jeu du chat et de la souris avait en quelque sorte pimenté leur vie de couple. Les soupçons de son mari avaient rendu les fraudes encore plus… excitantes. Le mensonge, l'argent et le sentiment de puissance l'avaient ennivrée, et les chèques s'étaient alors enchaînés à un rythme fou. Elle avait dû rivaliser d'ingéniosité pour cacher ses achats compulsifs. Derrière les meubles, dans le fond des placards et même dans les combles de la toiture, s'étaient accumulés des dizaines de paquets soigneusement emballés, souvent même intacts dans leur boîte d'origine. Hafida, amusée, cache son sourire derrière sa main comme une petite fille. Juste une bêtise, pas grand-chose au début, mais la situation avait dégénéré. La banque avait contacté son mari : les chèques ne passaient plus. Quand il avait découvert le pot aux roses il s'était mis dans tous ses états. Heureusement, il n'était pas du genre violent ni colérique, mais très angoissé, *miskine*[1], il avait failli lui claquer entre les doigts. Malaise cardiaque. Pour payer les pots cassés et soulager son mari, ils avaient alors décidé qu'Hafida prendrait un emploi de téléopératrice au service commercial de l'entreprise de téléphonie pour laquelle il travaillait. Ainsi en moins d'un an la banque serait remboursée et on en parlerait plus. Le travail n'était pas sorcier, rester des heures au téléphone ça la connaissait. Sauf que cette fois il fallait vendre des abonnements, ce qui n'était au final pas si amusant. Les premières semaines elle avait joué le jeu, huit heures par jour, cinq jours par semaine, sans compter les heures passées à accomplir ses tâches ménagères habituelles. Son quotidien en était devenu encore plus assommant, entre cet emploi qu'elle n'avait pas choisi et ses obligations domestiques, elle n'avait plus un seul moment à elle. Et puis l'argent n'entrait tout de même pas très vite. Pas assez vite pour elle en tout cas. Bref, au bout de quelques semaines le démon l'avait repris. Un démon bien en forme elle doit dire, d'avoir sommeillé tout ce temps. C'était reparti de plus belle. Cette fois elle avait un peu poussé le bouchon c'est vrai. Les chèques en blanc lui avaient donné le goût de l'argent et elle y revenait comme un animal à celui du sang. Elle ne pouvait pas lutter. Quelques numéros de cartes de crédit empruntés aux clients, pas de quoi en faire un fromage non plus. Elle avait fait un peu de shopping sur Internet. Honnêtement pas des si grosses sommes, elle ne pensait même pas que ça se verrait. Un achat par-ci, par-là, jamais deux fois avec le même compte. Respectueuse quand même. Mais elle avait fini par se faire pincer et cette fois ça n'avait pas rigolé. Les policiers l'avaient convoquée au commissariat. Ils s'étaient montrés rassurants au début, sa famille avait des relations, elle sortirait vite de là. Les juges, eux, ne l'avaient pas entendu de cette oreille et l'avait condamnée à un an d'emprisonnement. Pour avoir voulu

1. Le pauvre.

goûter du bout des lèvres à l'interdit elle était passée d'une prison à une autre. De sa cage dorée familiale aux barreaux bien réels de la *haps*. Elle estime pourtant avoir de la chance, car sa famille lui a pardonné et vient la voir tous les mercredis, les bras chargés de provisions. Ainsi Hafida ne manque de rien. D'ailleurs elle est bien en chair. Mais elle a le cœur sur la main et partage tout ce qu'elle a. Elle recueille les nouvelles venues comme des oisillons, leur donne la becquée jusqu'à ce qu'elles se remplument, puis les encourage à voler de leurs propres ailes. Elle-même ne semble pas vivre trop péniblement la privation de liberté, comme si d'une certaine manière elle y était habituée. Elle garde le moral et refuse de s'apitoyer sur son sort. Elle a cherché ce qui lui arrive et en assume les conséquences. Il n'y a qu'une chose qui parfois l'inquiète un peu : « Je ne veux pas qu'il arrive ici », soupire-t-elle en soulevant les pans de sa grande chemise pour me dévoiler un ventre rond comme un œuf. Hafida n'est pas grosse, Hafida est enceinte ! De six ou sept mois à en juger par la taille de son ventre. Elle espère que les juges la laisseront sortir avant l'accouchement. Il y a beaucoup de bébés qui naissent et vivent ici mais ils ne sont pas beaux à voir, m'explique-t-elle, ils ont un mauvais teint et la peau pleine de boutons. Hafida ne veut pas d'un bébé couvert de champignons. Ses poings se serrent à cette pensée. Dehors, sa famille et son avocat font tout ce qu'ils peuvent pour la faire sortir. Elle veut y croire. Elle repose sa main devant moi sur la table pour que je le lui confirme : « Dis-moi que mon bébé va naître en liberté. » Je balbutie devant cette demande qui me serre la gorge et pour laquelle je ne peux évidemment rien promettre. Après avoir été confrontée aujourd'hui à l'enfer des fouilles et des trajets en camion, à la chaleur accablante, à la mauvaise alimentation, aux conditions sanitaires épouvantables et à l'amateurisme du service médical je me demande comment Hafida, enceinte, parvient à tenir le coup. Et en souriant en plus. En prenant soin d'elle et des autres, en accueillant avec bienveillance les nouvelles venues, en gardant espoir, en ne s'avouant jamais vaincue. De quoi j'ose me plaindre moi qui suis jeune, en forme et en bonne santé ? Moi qui dors seule dans ma couchette et dispose de coupons de cantine sous mon oreiller. Moi qui ne suis probablement là que pour quelques mois. Moi qui n'ai pas la responsabilité d'un prisonnier miniature dans mon ventre. Je me sens toute petite, minuscule même, face à la leçon qu'Hafida me donne. Si je me suis levée ce matin, triste et apitoyée, je comprends ce soir au terme d'une longue journée d'apprentissage, que le temps est venu de percer ma coquille, sortir de ma réserve et prendre mon envol. Demain c'est décidé l'oisillon quittera le nid.

Je me réveille au quatrième matin de ma détention comme groggy après une nuit de fête. J'ai la bouche pâteuse, la peau moite, la tête bourdonnante et les idées embrouillées. La veillée n'a pourtant pas été tardive, encore moins arrosée. Il n'y a eu ni festin, ni musique, ni danses endiablées, et pourtant quelle ambiance ! Le jeu de paumes a électrisé la cellule et une bonne quinzaine de mains sont passées entre les miennes au cours de la soirée. Sans que j'aie même parfois le temps d'en détailler les lignes, elles m'étaient arrachées et aussitôt remplacées par une autre. Toutes voulaient que je vienne m'asseoir près d'elles sur un seau, au pied d'une couchette ou en haut d'un lit superposé, pour une séance particulière, souvent généreusement rémunérée en cigarettes, morceaux de chocolat ou poignées de « glibettes », des graines de tournesol blanches et délicieusement salées, que les détenues achètent par sachets avec leurs coupons de cantine et grignotent à n'importe quelle heure de la journée. À tous les étages, les rideaux se tiraient pour assister au spectacle. La moindre de mes déclarations provoquait des cris, des rires, des interpellations bruyantes à travers la pièce ou des youyous. Si la Cabrane n'avait pas mis un terme aux festivités, je crois qu'elles auraient duré toute la nuit. Mais à 21 heures tapantes, tandis que le feuilleton turc commençait à la télévision, elle a renvoyé tout le monde dans ses pénates d'un claquement de doigts sans appel. Du haut de mon perchoir, j'ai continué à recevoir clins d'œil, messes basses et petits signes de main de toutes parts jusqu'à l'extinction complète des feux vers 22 h 30. Aujourd'hui au réveil je suis accueillie par une myriade de sourires connivents et quand on m'adresse les « *salam aleikoum* » et « *sbahlrir*[1] » de politesse, je découvre avec stupéfaction que je ne suis plus la détenue anonyme de la veille, mais que j'ai acquis un surnom de prison, véritable titre de noblesse, je suis devenue La voyante. Quelque chose s'est opéré lors de cette heure de jeu qui m'a fait passer du statut de marginale à celui de coqueluche de ces dames. À part la magie, je ne vois rien qui puisse expliquer le phénomène. À peine ai-je ouvert l'œil et sauté de ma couchette que la camarade avec qui je partage mon lit m'attrape par le mollet et m'attire vers son lit : « *Ija ija* La voyante ! Viens ici, assieds-toi ! » Depuis mon arrivée elle avait peu prêté attention à moi, mais la soirée d'hier semble avoir piqué sa curiosité. Elle a l'air ravi à présent de partager son lit superposé, véritable micro-territoire dans le confinement de la cellule, avec la bête de foire. Elle insiste pour que je m'installe auprès d'elle, elle a décidé qu'il était temps de faire les présentations. Elle s'appelle Lina mais ici tout le monde l'appelle « Fuite », en français. Elle ne juge toutefois pas nécessaire de m'expliquer d'où lui vient ce curieux surnom pour l'instant. Elle doit avoir 20 ans à peine. Cela se voit à ses joues rondes enfantines qui entourent un petit nez retroussé, et à sa tenue qui, en dépit des circonstances, cherche à rester « mode ». Avec son caleçon de sport et son tee-shirt à message (« Star » en lettres argentées), elle pourrait passer pour une ado en cours d'EPS. Ses yeux pétillants, ses éclats de rire soudains et ses gestes emportés achèvent de lui donner cet air juvénile. Pleine de vie, elle détonne dans la masse de corps las aux regards vides. La prison ne l'a pas encore dévorée tout entière. D'ailleurs, elle a réussi en peu de temps à s'y faire une bonne place, si bien qu'avec elle je n'ai pas à m'en faire, m'assure-t-elle, ici tout le monde la connaît, dès qu'on saura que La voyante est dans son équipe je serai protégée et personne

1. Bonjour.

ne me cherchera embrouille. Je tente de me défendre du pouvoir qu'elle m'attribue, lui expliquant comme je peux que ça n'était qu'un jeu et que je n'ai aucun talent, mais elle balaye mes objections du revers de la main. Fuite préfère sa vérité à la mienne. De même puisque mon prénom lui semble compliqué à retenir elle décide de me rebaptiser, pour moi tu seras Bolona ! Un surnom aussi énigmatique que le sien et qui m'est servi sec, sans la moindre explication, mais qui semble l'amuser énormément. Un grand éclat de rire la secoue, un rire solaire qui fend son visage aux grandes dents jaunes et illumine ses yeux malicieux de serpent. Elle interpelle l'occupante du lit d'à côté, à environ cinquante centimètres du nôtre, pour lui faire part de la trouvaille. L'autre s'esclaffe avec elle. Ça a plutôt l'air drôle. Probablement à mes dépens mais peu importe, la joie de Fuite est contagieuse. Je ris avec elle, tandis qu'elle me pince les côtes. Elle parle un langage corporel bien à elle, où les pincements, les bourrades et les petits coups de poing sont autant de marques d'affections. Passé les présentations, elle en vient au fait, absolument sérieuse tout à coup. Elle déroule lentement son bras, depuis la crête de l'épaule jusqu'au bout du majeur, pour venir déposer sa main devant moi. Sa main est petite mais robuste, ses doigts sont courts et épais, ses ongles carrés et nets, c'est une main à poigne, une main qui sait ce qu'elle veut, une main à qui l'on ne refuse rien. Alors j'obéis. Doucement, je la recueille au creux des miennes, si délicates et timides en comparaison, et c'est comme si l'électricité passait instantanément à travers nos peaux. La magie peut commencer. Je hasarde quelques observations sur les lignes et courbes de sa paume, mais rapidement, comme cela s'est produit la veille avec Hafida, les rôles s'inversent. C'est elle qui analyse, elle qui parle, elle qui explique, et moi qui écoute. J'ai l'impression que c'est ce qu'elle attend de moi, au fond. Ainsi accaparée, assise en tailleur sur son lit, mes mains serrant sa main, mes yeux rivés dans les siens, je suis parfaitement attentive, dédiée, connectée à elle. La séance de voyance opère comme un charme, dessinant une bulle autour de nous. Ici, en sécurité, elle ose vider son sac. Je n'ai pas besoin de poser de question. Elle parle pendant de longues minutes, en français parfois, en arabe la plupart du temps. Je suis une oreille suffisamment offerte et ignorante, pour qu'elle puisse déballer son linge sans avoir honte des taches qui s'y trouvent. Cela me rappelle un article que j'avais lu à propos d'un labrador dans une bibliothèque américaine, qui prêtait son oreille à des enfants dyslexiques. Les gosses devaient lui faire la lecture et n'étant jamais ni jugés ni moqués par le brave toutou, ils reprenaient confiance en eux. En écoutant Fuite me raconter sa vie dans une langue étrangère, je me sens comme ce chien débonnaire. Je ne comprends pas toujours tout, mais j'acquiesce et je compatis, sans jamais la juger. Et cela suffit. De temps à autre, elle me consulte sur tel ou tel accro dans sa paume, et à mesure que nous naviguons ensemble le long de ses sillons, l'histoire de Fuite se dessine devant mes yeux.

Fuite c'est l'histoire d'une fille de milieu modeste condamnée injustement pour couvrir un garçon de bonne famille. Elle avait dix-sept ans quand un matin de juin, elle est entrée à la prison de la Manouba. Un mois plus tôt elle était encore une lycéenne joyeuse et pleine d'ambitions. Active et volontaire, elle se levait de bonne heure pour préparer le petit déjeuner et faire le ménage. Depuis que son père était malade elle aidait beaucoup à la maison, pour soulager sa mère, une femme autoritaire capable de tempêtes à faire trembler les murs de la maison mais au grand cœur. Son père était alité depuis plusieurs mois, attaqué aux poumons par le cancer. Elle se glissait dans sa chambre tous les matins avant de partir, pour des *bismillahs*[1] et un baiser sur son front dégarni. Ses frères et sœurs aînés ayant quitté la maison, elle était désormais seule à veiller sur ses parents vieillissants et fatigués. Ça n'était pas toujours la joie. Mais Fuite était une bonne fille qui voulait les rendre fiers. Dans quelques jours les épreuves du bac allaient commencer, elle était bien décidée à décrocher son diplôme. Elle avait eu une scolarité moyenne pourtant. Non pas qu'elle

1. Bénédictions.

soit plus bête que les autres mais elle était influençable. Ça lui arrivait de se laisser déconcentrer. Elle faisait parfois de mauvais choix mais sans vraiment penser à mal. Ça lui avait déjà joué des tours. Une punition, une retenue, quelques remontrances sur son cahier de correspondance, rien de bien méchant. Elle n'avait jamais redoublé, c'était sa grande fierté. Elle avait travaillé dur pour préparer l'examen et voulait décrocher le diplôme pour ses parents, pour elle, pour l'avenir. Elle ne rêvait pas de mariage, de bébé et de grande maison comme beaucoup de ses amies, mais d'un emploi honnête et d'un salaire fixe pour pouvoir prendre soin de son vieux papa. Une fois la petite dernière mise sur les rails il serait tranquille, elle pourrait aider financièrement, ce serait un poids en moins sur sa poitrine souffrante et fatiguée. Mais voilà, pour atteindre ses objectifs, Fuite était prête à se donner tous les moyens, y compris les mauvais. Aussi rapidement qu'on peut le faire à cet âge, sans en mesurer réellement les conséquences, elle avait fait un choix mal avisé, une erreur d'immaturité qui allait avoir des répercussions terribles, démesurées. Une faute stupide qui lui ferait fêter son dix-huitième anniversaire derrière les barreaux. Ses dix-neuvième et vingtième aussi. Quand cet « ami » Facebook lui avait proposé dans un message privé de lui envoyer les sujets des épreuves, Fuite avait d'abord cru que c'était une blague. Chiche elle avait dit. Il avait envoyé le lien, elle avait cliqué, le dossier s'était téléchargé, les sujets étaient apparus, comme par magie. Elle n'en croyait pas ses yeux ! C'était une bénédiction pour elle qui courait après son retard de révision à deux jours du début des épreuves. Elle le tenait son sésame pour le bac, avec ça elle décrocherait peut-être même une mention. Ses parents n'en reviendraient pas. Euphorique, elle ne s'était pas rendu compte de sa fraude. Les sujets lui étaient tombés du ciel, elle n'avait pas fouillé pour les dénicher, à aucun moment elle ne s'était imaginé que cela puisse constituer un crime. Elle savait quels chapitres réviser d'accord, mais ça n'était pas complètement de la triche puisqu'il faudrait bien quoi qu'il en soit mémoriser les cours et rédiger les copies. C'était juste un petit coup de pouce du destin, pour une fois que ça tombait sur elle, elle n'allait pas bouder sa chance. Puisqu'elle n'avait pas volé les sujets elle-même, elle ne pourrait pas être tenue pour responsable. La faute au professeur qui avait oublié sa sacoche dans l'autobus, au secrétaire qui avait laissé traîner un document sur la photocopieuse, ou au cambrioleur qui avait dérobé les sujets, qu'est-ce qu'elle en savait ? Depuis son bureau, dans sa chambre, dans sa maison de banlieue, elle ne pouvait pas imaginer faire quelque chose de si grave. Grisée par la perspective du succès à venir, Fuite en avait oublié les risques et s'était laissée aller. Elle avait fanfaronné auprès de quelques camarades, leur assurant que pour elle « c'était dans la poche ». Elle s'était épanchée auprès de copines à coup de « j'ai un secret à te confier » pour booster sa popularité. Elle avait fait des allusions dans un groupe de discussion avec smileys et points de suspension. Elle s'était enflammée sur son clavier avec insouciance, pensant peut-être comme beaucoup d'adolescents que ces échanges virtuels ne pouvaient pas interférer dans le réel. Bref, elle avait perdu le contrôle. En l'espace d'une soirée, elle avait reçu des dizaines de messages, le bruit courait à toute allure parmi les terminales de son lycée. « Fais tourner ! Fais tourner ! », lui avait aboyé une meute de chiens prépubères surexcités par l'enjeu. Fuite avait la baraka, c'était elle désormais la star du lycée. Alors, main pleine au poker, elle avait posé son tapis, elle avait « fait tourner » les sujets du bac, à l'origine dérobés par le fils d'un responsable académique. Ils avaient été partagés en un clic sur sa page Facebook, puis s'étaient répandus comme une traînée de poudre. Il fallait que je la croie, elle n'avait pas pensé à mal. En fait, elle n'avait pas pensé tout court. Elle s'était rendu compte de son erreur en voyant le nombre de partages décoller, et avait aussitôt supprimé sa publication, mais le mal était fait. Les captures d'écran aussi. Il était trop tard pour éteindre l'incendie. Quand elle s'était présentée au lycée au matin de la première épreuve, après s'être levée tôt, avoir balayé la cuisine, repassé sa chemise, lissé ses cheveux, susurré des *bismillahs* à l'oreille de son père et déposé un baiser sur son front, elle avait été cueillie au portail par les surveillants. La police était déjà là et l'attendait dans le bureau du directeur. Fuite avait été arrêtée sur-le-champ et escortée en dehors du lycée menottes aux poignets, comme une dangereuse criminelle. Elle avait pris pour tout le monde et avait été condamnée pour l'exemple. La meute de chiens pré-pubères s'était dissipée en vitesse, la queue entre les jambes, et le fils du responsable académique qui avait volé les sujets était passé entre les gouttes. L'affaire avait fait les gros titres des journaux, tout le monde en avait parlé. Au final, les sujets avaient pu être changés à temps, les élèves avaient pu passer leurs épreuves, suer dans la salle d'examen, échanger fébrilement leurs réponses à la sortie, et guetter leurs noms sur le tableau des résultats. Pendant ce temps Fuite, elle, avait été longuement interrogée dans des locaux de police, avait dormi pendant une semaine sur le sol crasseux de la Geôle, puis avait été incarcérée dans la prison de la Manouba. Trois ans ferme pour fuite au bac, assortis d'une interdiction de passer des examens pendant dix ans. Sa vie s'était écroulée pour une bêtise de gamine, pour une fuite, son surnom de prison.

La première semaine elle a pleuré tous les soirs au coucher et tous les matins au réveil. Heureusement, du fait de son jeune âge, elle a été placée dans le pavillon D, réputé pour être le plus tranquille de la prison. Ici, elle a été accueillie, consolée, pardonnée. Comme le sont toutes les détenues qui arrivent, quelle que soit la lourdeur de leur sentence ou la gravité de leurs actes. Après quelques semaines, sa mère a enfin pu venir la voir, et ça lui a redonné des forces. Depuis elle ne pleure plus et vit ce qu'il y a à vivre. Cela fait un an qu'elle est ici, un tiers de son temps, mais elle espère obtenir une remise de peine. La santé de son père se dégrade et elle pense que cela pourrait jouer en sa faveur, pour lui permettre d'être à son chevet dans ses derniers instants. *Inch allah*, dit-elle en soupirant. Désormais elle prie Dieu tous les jours et met le voile pour aller au parloir. Fuite n'est pas très religieuse mais elle tente le coup. Si ça peut aider pourquoi pas, elle a la foi opportuniste. En attendant, elle ne se laisse pas abattre et optimise au maximum son quotidien. En l'espace de quelques mois elle est devenue un maillon central de la chaîne du marché noir. En souris malicieuse, elle parvient à coups de blagues, de bakchichs et de combines à se glisser partout où elle veut. J'ignore comment elle se débrouille mais elle a l'autorisation dérogatoire de se déplacer à sa guise dans les couloirs. Si bien que toute la journée Fuite est partout et nulle part. Elle est là qui amuse la galerie et dispatche des commandes et la seconde d'après elle a disparu, embarquée dans une nouvelle affaire. La catastrophe de la fuite au bac lui a appris une douloureuse leçon, mais elle ne compte pas se laisser crever la bouche ouverte pour autant. « Dans la vie il faut bien se débrouiller », me glisse-t-elle en haussant les épaules, ce qui me laisse penser que la jeune fraudeuse n'en a peut-être pas vraiment fini avec les entourloupes. Fuite expire profondément, secoue la tête, puis frappe dans ses mains : fini de ressasser, on passe à autre chose. « *Li-fat-mat !* », m'encourage-t-elle à répéter, avant de me traduire : « Le passé c'est le passé ! »

Pour l'heure, elle s'est mis en tête de m'équiper. Pas question que je vive comme une *shahhadh*[1], on va s'organiser. Pour faire le point sur mes besoins, elle procède à une inspection de mon barda qui la laisse perplexe. « Bolona, tu n'as pas de coupons pour la Cantine ? » me demande-t-elle avec étonnement. Des coupons j'en ai oui, mais on ne m'a pas encore autorisée à m'y rendre, pas plus qu'à la douche d'ailleurs, dont je rêve depuis des jours. Fuite lève les yeux et me fait la leçon, ici si on veut obtenir quelque chose il faut aller le chercher, rien ne vous arrive servi sur un plateau ! Si je continue d'attendre passivement qu'on me vienne en aide je ne vais pas m'en sortir. Il faut graisser des pattes, c'est à ça que servent les coupons. Pour cette fois elle va voir ce qu'elle peut faire, mais elle me fait promettre de ne plus rester les bras ballants. En attendant, elle déballe de sous son lit tout un inventaire à la Prévert de bricoles carcérales, assiettes, allumettes, brosse à cheveux, dentifrice, savon, miroir de poche et cendriers en papier d'aluminium, bassine et verres en plastique,

1. Clocharde.

fleur d'oranger pour se parfumer, morceaux de sucre, dosettes de café soluble et même quelques vieux magazines en arabe ! Je peux tout utiliser en attendant de m'équiper. « Tu es mon invitée », déclare-t-elle en ouvrant les bras et en inclinant la tête, « *Merhaba*[1] au riad de Fuite ! » Elle me fait aussi cadeau d'une serviette de toilette, d'une taie d'oreiller dans laquelle ranger mes affaires, et d'une pince à linge pour resserrer et maintenir mon pantalon : le Graal ! Je vais enfin pouvoir avoir les deux mains libres. Pour le reste, elle voit ça dans la journée, on en reparle ce soir. « T'occupe », conclut-elle. Elle glisse deux cigarettes dans ma main, me lâche un petit clin d'œil et file retrouver son business de corridors « à ce soir Bolona ! » me crie-t-elle toute joyeuse avant de filer. La porte de la cellule s'ouvre miraculeusement sur son passage et elle disparaît, me laissant clouée sur place avec la délicieuse impression d'avoir intégré la pègre de la prison. J'ignore où tout cela me mènera mais qu'importe, Fuite est irrésistible.

Plusieurs heures se sont écoulées depuis le départ de Fuite. Le mercure a grimpé dans la cellule, laissant ses occupantes échouées sur leurs couchettes comme des algues sur un rocher. Les après-midi sont de longues pages blanches durant lesquelles il faut affronter l'ennui comme on peut. Le premier objectif de la journée reste de la passer. Ce sera déjà une bonne chose de faite. Une de plus, une de moins. Certaines, encore vaillantes malgré la chaleur étouffante, s'occupent à de petites tâches ménagères, une lessive dans un seau par ici, des vêtements à plier par-là, s'inventant un semblant de vie domestique autour de breloques de plastique et de tissu. Quelques-unes discutent à voix basse en fumant des cigarettes, qui sont autorisées à toute heure de la journée pour peu qu'on trouve de quoi les allumer, ce qui s'avère souvent plus difficile. Les échanges sont lents et monocordes, ici on savoure le peu à se dire pour faire durer les conversations. La parole est un petit

1. Bienvenue.

foyer sur lequel on souffle doucement, pour que les flammes ne dévorent pas tout d'un coup. Mais la plupart demeurent allongées sur le dos à ne rien faire et à ne rien regarder. Les fenêtres sont si hautes et si étroites qu'il est impossible de voir un bout de ciel au travers. Aucun son extérieur ne parvient jusqu'à nous. Dehors il ne semble y avoir que la chaleur et le silence accablants d'un désert. La prison est comme un fort au milieu du Sahara, mais ses meurtrières sont trop hautes pour pouvoir regarder passer les caravanes. Nous ne sommes que début juin et la chaleur est déjà quasiment insupportable. Elle m'écrase littéralement sur mon lit. En étoile de mer sur le matelas, je transpire abondamment bien que parfaitement immobile. Ma chemise à fleurs est collée contre ma poitrine, j'aimerais pouvoir l'enlever mais la police des mœurs de la cellule me tomberait aussitôt dessus. De la même manière qu'il y a ici des grilles derrière des grilles, il y a des règles derrière des règles. La moindre petite prise de liberté ou initiative peut faire tomber une remontrance, sous forme de conseil à première vue amical mais pourtant péremptoire. Je découvre au fil des jours ces nombreuses et parfois absurdes lois. Se couvrir et se tenir correctement, toujours tout ranger, bien faire son lit, ramasser la moindre miette, ne pas prendre trop de place, respecter les hiérarchies, attendre son tour, ne pas s'asseoir sur le rebord de son lit avec les jambes qui pendent dans le vide, ne jamais dévoiler ses épaules, dormir tout habillée, ne pas manger au lit, ne pas toucher à la télécommande, ni au jeu de dominos placé sous la télévision, ne pas échanger de lit, etc. Il faut être équilibriste pour évoluer entre tous ces faisceaux d'interdits sans les toucher. Traverser une journée entière sans un rappel à l'ordre c'est comme avancer dans un couloir fraîchement repeint, on finit toujours par se tacher la manche. Même en l'absence des gardiennes et de la Cabrane, les détenues s'imposent et imposent ce règlement contraignant. Hafida et sa bande, en dépit de toute la bienveillance qu'elles ont pour moi, ne manquent pas plusieurs fois par jour de me taper sur les doigts. Je rêverais pourtant de pouvoir me trimballer à moitié nue. Et même de voler la télécommande, choisir mon programme, traîner au lit le reste de la journée, en culotte, les pieds battant dans le vide, un sachet de « glibettes » posé sur le ventre, comme un paquet de chips. Mais pas question ici de tomber la chemise. Je dois comme toujours prendre sur moi. Le ventilateur brasse l'air chaud dans un ronron lancinant et c'est comme si la prison me soufflait son haleine au visage. Je dois pratiquer une économie de mouvement drastique pour ne pas mourir de chaud. Les tentations sont de toute façon rares puisqu'il n'y a strictement rien à faire. Seule la chasse aux insectes me sort parfois de ma léthargie. C'est le sport national de la Manouba. Le plus souvent, ce sont les mouches qui font s'agiter les détenues. On voit leurs bras se balancer dans la pièce comme des queues de vaches dans un pré. Balayage à droite, balayage à gauche, c'en est devenu machinal. Je chasse les mouches comme je ramène mes cheveux derrière mes oreilles, sans y penser. Quand un cafard s'approche en revanche, c'est une autre histoire. Je bondis comme une chatte. C'est une cohabitation à laquelle j'ai plus de mal à me faire. Ils ne sont pas très gros mais téméraires, ils n'hésitent pas à grimper sur les lits. Ils respectent toutefois un Code de la route assez strict en n'empruntant la plupart du temps que les boulevards des barreaux en métal. Il faut vraiment qu'il se soit égaré pour qu'on en retrouve un dans les chemins de traverse de nos draps. Mais si un pied ou une main leur barre la route ils n'hésitent pas à gravir l'obstacle et les vols planés des pichenettes que nous leur infligeons ne semblent aucunement entamer leur détermination. Leurs carapaces épaisses et leurs petites pattes élancées les protègent en cas d'accident. Sitôt atterris, ils sautent sur leurs pieds et se remettent en route. Les occupantes des couchettes inférieures souffrent encore plus de ces envahissants colocataires, car les cafards circulent sans vergogne au-dessus de leurs têtes sur les sommiers en métal qui semblent constituer les centres névralgiques de leur petit réseau routier. Jour et nuit, ils sont là qui se promènent, échangent des informations olfactives, transportent un paquet, font la course, s'accoudent à un barreau, grignotent un morceau de rouille, s'accouplent sous nos yeux puis repartent en sifflotant, les antennes dans les poches. Leurs vies sont bien plus trépidantes que les nôtres. Il n'y a pas d'autre choix que se résigner à assister à ce spectacle décadent. Le temps d'en chasser un, cinq autres apparaissent. Les lits éloignés des sanitaires sont plus préservés. J'ai tôt fait de comprendre pourquoi les lits superposés attenants aux toilettes sont cordialement laissés aux primo-arrivantes. À nous les odeurs, les bruits et les cafards. Les anciennes ont déjà donné. Aussi agiles et amusants soient-ils, ces rampants me dégoûtent. Rapport à leur ville d'origine. Venus tout droit des entrailles de la fosse septique, nos petits compagnons déposent certainement des trésors de bactéries et d'immondices sur nos matelas et dans nos réserves de nourriture. L'idée me donne la nausée. Je m'accommode finalement mieux des mouches bien qu'elles soient plus nombreuses et plus collantes. Si, pour des raisons qui leur appartiennent, elles ont choisi de vivre dans ce trou moite et odorant, au moins s'aèrent-elles un peu les pattes de temps en temps. Je les observe aller et venir par la fenêtre en imaginant que peut-être, allez savoir, elles auront fait étape sur une fleur de jasmin ou d'hibiscus avant d'atterrir sur ma peau. Je les tolère tant qu'elles ne me chatouillent pas trop. Mais si elles se mettent à me butiner les poils ou à me siroter les gouttes de sueur c'est la sanction immédiate. Ma fatale queue de vache s'abat sur la misérable qui déguerpit dans un tourbillon, tout étourdie, les pattes en l'air et les ailes emmêlées, dans un grand *bzzz* offusqué. Il faut dire qu'elles sont parfois agressives et vous plantent sans vergogne leurs micro-dents dans la peau. J'ignore si les mouches ont vraiment des dents mais je jurerais pourtant que certaines tentent de me dévorer. La morsure me fait sursauter et déclenche une claque furibonde vers le coin de peau attaqué. Hélas les coupables déguerpissent souvent avant que je ne leur tombe dessus et il n'y a que mes chairs rougies qui payent réellement les frais de ma colère. Ces préoccupations microcosmiques ont beau m'occuper un peu l'esprit elles ne suffisent pas à remplir mes après-midis. À mesure que la fin de journée approche je me surprends à avoir hâte que la cellule se remplisse de nouveau, que la machine se remette en route, que des silhouettes voûtées se déversent dans la pièce, qu'on sorte les tables et les seaux, qu'on allume des cigarettes, qu'on rie, qu'on parle, qu'on vive. Je préfère encore la cellule bondée et agitée du soir à la lente agonie de la journée. J'ai hâte que Fuite réapparaisse et me parle de son marché noir. J'ai hâte qu'Hafida qui dort depuis des heures se réveille pour me parler de bijoux et de pâtisserie. J'ai hâte d'une nouvelle soirée animée. Sur les coups de 17 heures quelqu'un pousse enfin la grille de la cellule. Je me redresse d'un bond sur mon lit. Ce ne sont pas les Blouses bleues ni Fuite qui rentrent, dommage, mais une gardienne nonchalante qui fait trois pas dans la cellule, me désigne mollement du doigt et me fait signe de la suivre « *Ija !* » Voilà qui vient rompre l'ennui de cette longue après-midi. Ni une ni deux, je saute dans mes pantoufles. On verra bien ce qui m'attend, pouvoir marcher un peu dans les couloirs c'est toujours ça de pris.

Cette Fuite a décidément plus d'un tour dans son sac. Il lui aura fallu moins d'une journée pour obtenir la douche que j'attendais depuis des jours. J'ai envie de sauter au cou de la gardienne qui me l'annonce mais ses sourcils froncés et son croc qui dépasse m'en dissuadent. Peu importe elle est merveilleuse, c'est formidable, je suis transportée de joie à l'idée de la bonne douche à venir, de l'eau qui coule sur mon corps, du shampoing moussant et du savon parfumé. Je la suis d'un pas léger tandis qu'elle m'escorte jusqu'à la salle de douche pour me confier à la Blouse bleue qui contrôle le secteur. Je me déchausse avant de pénétrer dans le bloc sombre et humide. Là, je déchante. L'odeur de moisissure et d'égout me saisit à la gorge et me fait faire un sursaut en arrière. Elle est plus tenace et putride que nulle part ailleurs. On est loin de la thalasso de mes rêves, ni même des rudimentaires mais efficaces vestiaires de sport. La pièce doit faire dans les quinze ou vingt mètres carrés, des tuyaux courent au plafond pour distribuer l'eau, et des murets divisent l'espace en boxes individuels. La Blouse bleue me pousse vers l'un d'eux. D'autres détenues sont déjà là et patientent seins nus sous les pommeaux, les mains en coquille sur leur sexe. Elles me regardent en biais, d'un air mauvais. C'est sûr il y a plus agréables circonstances pour faire connaissance. L'ambiance pesante n'a rien pour me mettre à l'aise mais je peux difficilement jouer les pudiques. La Blouse bleue a d'ailleurs décidé de s'occuper de mon cas, bien que je ne lui aie rien demandé et que je sache encore comment me laver. Elle commence par me hurler dessus pour que je me déshabille, puis me hurle dessus parce que je me déshabille trop. On n'enlève pas sa culotte dans les douches de la Manouba, me fait-elle comprendre en arabe et en criant. OK, OK, pas la peine de s'énerver je ne pouvais pas deviner. Un panneau ou quelque chose ce serait quand même plus clair. On dirait que ma chatte nue l'a mise en rogne. Elle désigne mon entrejambe et y va de son petit commentaire « ça c'est sale ! » Merci, ça fait plaisir. La pudibonderie et le dégoût de son propre sexe vont visiblement jusque sous la douche. Je m'empresse de réenfiler le bout de tissu. Allons-y pour une douche en culotte alors, comme à la piscine, qu'à cela ne tienne. La Blouse bleue furibonde quitte un instant la pièce. Nous patientons en silence sans oser nous regarder. L'odeur est tellement répugnante que c'est à se demander si nous serons vraiment plus propres en sortant. Les yeux baissés sur le carrelage, j'aperçois un cafard qui slalome entre les touffes de cheveux, à la recherche de son prochain repas. Je n'ose pas l'écraser avec mon pied nu et préfère relever la tête, pour au moins ne plus le voir. Une détenue d'une trentaine d'années à l'autre bout de la pièce me fixe avec insistance. Dans la pénombre je ne vois pas bien son visage mais je remarque bien en revanche qu'elle se caresse ostensiblement la poitrine puis éclate de rire. Est-ce que c'est de la drague ? Une menace ? De l'intimidation ? Je me demande si c'est une détenue de ma cellule. Ce serait gênant. Je me tourne dos à elle. Je ne voudrais pas qu'un « *eye contact* » soit mal interprété. Les histoires de détenues sous la douche on connaît. Trop tôt pour moi. Il n'y a pas de bouton pour allumer l'eau, c'est la Blouse bleue qui doit probablement actionner le système depuis un robinet général. Mais les minutes passent, dans un silence de plomb, et rien ne se produit. Après cinq, dix minutes, nous sommes toujours debout dans la pénombre de ce bloc de ciment mal éclairé, les mains en cache-sexes et les épaules rentrées, sans se regarder, encore moins se parler. À croire que les gardiennes le font exprès, pour nous mettre mal à l'aise, histoire de bien nous dissuader de revenir. L'ambiance est pesante, ce sont les minutes les plus longues de ma vie. Quand enfin l'eau jaillit, c'est une délivrance, accueillie par un soupir de joie collectif. Je suis à deux doigts d'entamer une danse de la pluie pour fêter ça. Je me frictionne énergiquement le corps avec le savon prêté par Fuite, je plonge mes ongles dans mes cheveux et gratte mon cuir chevelu, je passe mes doigts entre mes orteils, dans mon nombril, j'ouvre ma culotte par-devant et par-derrière pour atteindre les zones stratégiques. Pendant ce temps la Blouse bleue fait des rondes dans la pièce pour veiller au bon déroulement des opérations. J'entends le plic ploc de ses pas sur le carrelage, il se rapproche de moi puis s'interrompt. Je sens sa présence dans mon dos, elle est là, elle m'observe en silence, je ne me retourne pas, j'arrête de respirer. Mais tout à coup je sens deux mains qui se posent sur mon dos et commencent à me frotter. Je bondis et la somme le plus poliment mais fermement possible de me foutre la paix. Elle estime que je ne m'y prends pas comme il faut pour me savonner. Elle crie quelque chose en arabe, m'attrape par le bras, me retourne, m'indique où frotter. Ses gestes ne sont pas sexuels, mais intrusifs, humiliants. Je m'agace, proteste, gesticule. Elle devient menaçante : « Si tu continues je vais aller chercher la directrice pour qu'elle vérifie si tu es propre », me lâche-t-elle en français cette fois. Je la foudroie du regard. J'ai envie de la pousser sur le carrelage et de lui régler son compte à l'ancienne, savonnette dans le gant de toilette. Mais comme je suis mal équipée et que je n'ai absolument pas envie que la directrice vienne se joindre à l'embrouille, j'encaisse et je la boucle. Elle me frotte le dos à m'en arracher la peau, puis tourne les talons, satisfaite de me voir ainsi matée. Ça ne va pas plus loin que ça mais je me sens salie, violée dans mon intimité. À peine une minute plus tard l'eau est coupée net. Cette salope m'aura bien ruiné le moment. Je m'empresse d'enfiler mes fringues avant que la sociopathe ne revienne. Elle est occupée à persécuter une autre détenue. La pauvre femme d'une soixantaine d'années, apparemment coupable de ne pas s'être rhabillée assez vite, a les mains qui tremblent en enfilant son pantalon. Son regard croise le mien, désolé et impuissant. Si seulement Fuite était là. Je n'ose pas intervenir mais ma présence attire l'attention de la Blouse bleue qui se lance à ma poursuite. J'accélère le pas pour la semer. Une gardienne me récupère à la sortie du bloc, je ne me fais pas prier pour la suivre. Mes chaussons trempés sont deux coussins spongieux qui m'annoncent dans les couloirs. *Spouitch spouitch*, je regagne le pavillon D, en laissant de petites flaques de honte derrière moi.

À mon retour, Fuite m'accueille toutes dents dehors : « *Saha* douche Bolona ? » Je lève un sourcil interrogateur. « Elle te demande si la douche était bonne », me traduit Hafida qui s'est réveillée de sa sieste. Je balbutie « euh oui sadouch merci ». Ici aussi c'est l'heure de la toilette. Les Blouses bleues sont rentrées et squattent les sanitaires. Elles défilent les unes après les autres serviettes sous le bras, ou sur la tête. Près des lavabos un curieux petit atelier s'est mis en place. La Cabrane, cheffe de la cellule, et son bras droit, un frigo d'un mètre quatre-vingt-cinq pour au moins cent kilos, sont assises sur des tabourets, en soutien-gorge, à peine dissimulé sous leurs serviettes. Je les surprends en pleine séance d'épilation. Loin de moi l'idée de les espionner, mais mon lit étant situé à moins d'un mètre de leur Body minute improvisé je peux difficilement échapper au spectacle. Quand on vit à vingt-huit dans à peine trente mètres carrés il faut de toute façon s'asseoir sur son intimité. Ce que semblent faire allègrement les deux matrones, séants bien calés sur leurs trônes, tandis qu'une jeune détenue s'active à leurs petits soins. Avec son fichu sur la tête et son tablier elle a l'air d'une petite Cosette. Ses gestes sont appliqués et rapides : elle récupère dans une casserole posée sur le lavabo des cuillerées d'un liquide brunâtre et poisseux qu'elle applique méticuleusement sur les poils, elle souffle sur leur peau pour qu'elles ne se brûlent pas, puis déchire de petites bandes de tissu qu'elle dépose sur la mélasse, enfin elle décolle du bout de l'ongle un coin du bandeau et le tire d'un coup sec, dévoilant une aisselle à présent imberbe et rougie. Elle éponge doucement les quelques gouttes de sang qui affleurent et répète l'opération autant que nécessaire. Elle travaille vite et bien pour ne pas faire attendre ses clientes qui n'interrompent leur conversation que pour se plaindre ou l'engueuler. Me voyant curieuse de la scène, Fuite s'accoude au bord de mon lit et m'explique à voix basse, dans son tunisien-français que je me surprends à maîtriser de mieux en mieux : « C'est du sucre mélangé à du jus de citron. Elles l'ont préparé en cuisine pendant leur journée de travail. La Cabrane a des privilèges tu sais. La grosse à côté d'elle, c'est Orti Saïda. Elle était gardienne ici avant, c'est pour ça qu'on l'appelle toujours « Orti ». Elle est tombée pour corruption et maintenant elle est comme nous, prisonnière à la *haps* ! C'est drôle non ? » Ces deux détenues ont suffisamment de pouvoir pour obtenir ce qu'elles veulent des plus vulnérables, y compris se faire épiler les dessous-de-bras. Je suis sidérée. « Méfie-toi d'elle, elle est toujours de mèche avec les gardiennes et leur répète tout. Elle est très mauvaise ! », me prévient Fuite. Tout n'est donc pas aussi rose qu'Hafida le disait dans la « famille » du pavillon D. Les deux quinquagénaires forment un drôle de duo, il ne leur manque plus que le cigare vissé au coin des lèvres pour ressembler à la bande de Pat Hibulaire. Après l'épilation vient la pédicure, à laquelle leur sous-fifre s'affaire sans rechigner, à genoux sur le carrelage mouillé des sanitaires. Elle bichonne un par un les gros panards des deux pachas, qui prêtent à peine attention à elle. Elle gratte leurs cornes, arrache leurs peaux mortes, coupe leurs ongles et applique de l'huile sur leurs talons. C'est tout juste si elle ne dépose pas un baiser sur leurs orteils velus à la fin de l'opération. « Elle, c'est Fazia, leur esclave » me commente Fuite avec une pointe de désolation dans la voix « elle est obligée de leur lécher les pieds parce qu'elle en a pour longtemps ici, elle s'achète leur protection tu vois ». Je l'interroge du regard sans oser poser la question mais

Fuite ne se fait pas prier. Elle trace une ligne sous son menton avec son pouce et me lâche « C'est une tueuse ». L'information me laisse sans voix. Bien sûr je me doutais que toutes n'étaient pas des enfants de chœurs, mais des tueuses ? Je ne voulais pas vraiment y croire. Cette gamine d'à peine vingt ans qui s'incline docilement devant les deux méchantes de Mickeyville, elle ? Une tueuse ? Ce visage doux, ces épaules frêles, ces doigts délicats et ce regard triste ne collent pas avec l'image que je me faisais de la meurtrière de prison. Mais Fuite est formelle et en rajoute même une couche « Elle a tué un bébé ». La précision finit de m'abasourdir. Je pâlis. Elle le remarque et se moque de moi « Qu'est-ce que tu crois ? Il y en a plusieurs ici qui ont tué, Fazia, la Cabrane et d'autres encore ». Elle donne deux petits coups de poing sur le sommet de mon crâne et ajoute « c'est la *haps* ici Bolona ! » Je suis sonnée par la nouvelle mais elle a raison, il va falloir que ça rentre et que j'arrête de me raconter des histoires. Il est temps que j'affronte la réalité et que je m'endurcisse si je veux tenir bon le temps de ma détention.

Le début de soirée s'écoule sans qu'aucun des faits et gestes des trois acolytes ne m'échappe. Je suis complètement absorbée par leur observation. Elles ne m'inspirent rien de bon mais j'ai envie d'en savoir plus sur elles. Je prends mon repas à la table de Fuite (un peu de semoule qu'on nous a apportée dans l'après-midi et de la bouillie rouge) mais participe peu à la conversation. À l'autre bout de la pièce, Orti Saïda a regagné son lit et Fazia, assise à son chevet, masse avec amour ses mollets de rugbyman. Non loin d'elles, la Cabrane s'est installée pour le dîner et est bientôt rejointe par deux détenues que je n'avais pas remarquées jusqu'ici. Des dobermans sans âge et sans expression, qui, penchées au-dessus de leurs gamelles, se bâfrent en lançant des regards obliques dans toutes les directions. J'ignore ce qu'elles ont pu penser de mon petit tour de passe-passe de la veille, elles se sont tenues à l'écart tout du long. Dans cet univers conservateur et délétère elles seraient bien capables de me dénoncer pour sorcellerie. Je me promets de me tenir à l'écart de ces gros bonnets qui sont probablement elles aussi des meurtrières. Néanmoins, je m'aperçois, au fil de la soirée, qu'il me sera difficile d'éviter tout contact avec la Cabrane. D'abord pour des raisons d'intendance parce qu'elle dispose d'un impressionnant arsenal d'ustensiles remisés dans des seaux sous son lit, ensuite pour des raisons hiérarchiques car c'est par elle que doivent passer toutes nos demandes et doléances. Les détenues défilent à sa cour, tantôt pour un emprunt (couverts, lessive, serviette), tantôt pour une faveur (changement de lit, sortie dans la cour, tour de Cantine). La Cabrane règne clairement sur la cellule, se montrant parfois sévère et intransigeante, puis soudainement maternelle et magnanime. Elle souffle le chaud et le froid en permanence si bien qu'on ignore toujours dans quelle disposition on la trouvera. Caresses comme soufflets sont imprévisibles. À l'observer je ne parviens pas à savoir si elle est simplement soupe au lait ou si c'est une stratégie pour asseoir son autorité sur la meute. Cette louve alpha est particulièrement sévère avec les nouvelles arrivantes. Les louveteaux sont élevés à la morsure, sans pitié. Quand ils obéissent et plient à son pouvoir elle les récompense d'une caresse sur la tête ou d'une accolade. Les détenues les plus zélées vont même jusqu'à l'appeler « *oumi* », maman en arabe. Une mère quelque peu incestueuse puisque je remarque que certaines de ses faveurs se payent d'un baiser sur les lèvres. Même les détenues ayant de l'influence comme Fuite, se taisent et s'inclinent sur son passage. La Cabrane est la pièce maîtresse de l'échiquier. Installée au pouvoir jusqu'à la mort, il n'y aurait qu'un putsch qui puisse la déloger. Mais la mutinerie se payerait cher, alors toutes préfèrent collaborer. Je me demande comment elle a obtenu des gardiennes ce titre de Reine du pavillon D, le plus sélect de la prison. Il y a des Cabranes comme elle dans toutes les cellules, mais elles ne sont que de petites marquises en comparaison. Elles règnent sur des contrées lointaines, tout au bout des couloirs, sans que jamais nous ne les croisions, et convoitent sans doute en secret ce pavillon privilégié. La guerre des trônes bat son plein mais notre Cabrane est coriace et bien accrochée à son sceptre. Entourée de ses sbires et de mèche avec les gardiennes, elle ne craint personne. Elle gère ses affaires intérieures en mêlant tendresse et sévérité et négocie sa politique étrangère directement auprès des matonnes. Et ça fonctionne. La Cabrane semble s'être assurée un certain confort dans ce taudis et une paix relative. À la fin du repas, Fuite vient me trouver et m'ordonne : « Bolona, lève-toi. Tu dois parler à la Cabrane. Il faut que tu réclames ton tour de cantine. » Elle me tire par le bras mais je résiste, interrompre la Cabrane en plein Conseil des ministres ? Du suicide ! Mais Fuite insiste « Fais-moi confiance ce sera mieux pour toi ! Tu pourras t'acheter du savon, des biscuits, une brosse à dents, un cahier, tout ce qu'il te faut ! Tu as assez de coupons pour t'acheter ce que tu veux ». C'est sûr, je ne serais pas contre une petite plus-value sur mon quotidien. Un cahier pour tenir un journal de bord ce serait formidable et je rêve de quelque chose de sucré à me mettre sous la dent. Sans compter que j'ai des dettes à payer maintenant que mes codétenues partagent avec moi leur nourriture. J'ai bien compris qu'ici les ascenseurs doivent se renvoyer. C'est même un yoyo incessant. Le système de troc est au cœur de l'équilibre social de la cellule. Il va bien falloir que je paye ma tournée de Fanta orange ou de Boga Cola pour m'assurer des alliées. C'est comme ça que ça marche, je ne pourrai pas toujours compter sur Fuite et Hafida. Je dois subvenir à mes besoins hygiéniques, m'assurer une réserve alimentaire pour les jours de vache maigre, et me constituer un petit bas de laine d'allumettes, biscuits et cigarettes Cristal pour mes échanges commerciaux. Fuite a raison, il faut que je me prenne en main. Je remercie mes camarades du dîner, ramasse mon assiette, la nettoie soigneusement et la range sous notre lit. J'arrange mes cheveux, reboutonne ma chemise et resserre mon pantalon à l'aide de ma pince à linge pour me faire une beauté, puis, planquée derrière ma couchette, je guette le bon moment. Il est presque vingt et une heure, bientôt le feuilleton du soir commencera et nous devrons regagner nos couchettes, il faut que je me lance. Je respire profondément et j'y vais. J'avance, un pied devant l'autre, cinq pas en travers de la pièce, j'approche, encore un pas et j'arriverai à sa hauteur, mais qu'est-ce que je suis en train de faire ? Moi qui m'étais pourtant promis de me tenir le plus loin possible de cette bande de tueuses sanguinaires. J'hésite à faire demi-tour, mais c'est déjà trop tard, j'y suis. Je reste plantée comme un piquet au pied de son lit – autant dire sur le seuil de sa maison – muette, immobile, bientôt asphyxiée. Je ne respire plus. Elle a fini de manger et est penchée au-dessus d'une table face à l'une de ses adjointes, en pleine partie de dominos. Lentement, elle lève les yeux vers moi, se redresse, entrouvre les lèvres, les coins de sa bouche s'étirent sur les côtés laissant apparaître une rangée incomplète de dents jaunes et de traviole. Est-ce qu'elle va me manger toute crue ? Non apparemment il s'agirait d'un sourire, c'est dur à identifier, mais oui ça se confirme, les coins de la bouche remontent vers les oreilles, les yeux se plissent, elle sourit ! La voilà qui s'adresse à moi, joviale tout à coup « Alors c'est toi La voyante ? Je t'attendais ! » D'un geste de la main elle fait signe à son adversaire de décamper et m'invite à m'asseoir face à elle sur un seau. Honnêtement je me préparais à tout sauf à ça. Prise au dépourvu je commence à bredouiller des excuses « désolée… non… je… enfin je ne suis pas voyante, voilà je suis nouvelle, et euh donc on m'a donné ces coupons et on m'a dit, Fuite, avec qui je partage mon lit, vous savez près des toilettes, oui donc alors elle m'a dit que peut-être pour la cantine vous pourriez, mais ce n'est pas pressé du tout, écoutez non tant pis oubliez… » Alors que je tente de démêler mes pinceaux elle m'interrompt subitement en plaçant sa paume sous mon nez. L'espace d'un instant j'ai cru qu'elle allait me gifler, mais non ce sont les lignes, encore les lignes. Je ris nerveusement, tente de me débiner mais rien à faire, elle exige que je regarde sa main, elle aussi veut son quart d'heure de fun. J'hésite, j'ai peur de lui dire quelque chose qui pourrait la vexer. L'accueil qu'elle me fait est jusqu'ici plutôt sympathique, mais je sais qu'avec elle le vent peut vite tourner. Elle peut passer de la brise au sirocco en moins d'une seconde. Elle ne me quitte pas des yeux. Son regard noir vigoureux et plein de jeunesse est perdu au milieu d'un visage craquelé par les rides. Quelle bonne nouvelle peut-on bien apporter à une femme condamnée à perpétuité ? Je prends fébrilement sa main et cherche quelque chose à dire. Ma bouche est sèche, mes lèvres remuent mais aucun son ne sort. Dans sa paume je découvre un amas de lignes torturées, se frayant un passage au milieu d'une jungle de hachures, de cales et de cicatrices. Sa ligne de vie s'étire inébranlable et insolente sur neuf bons centimètres de peau, ce qui pour elle n'augure probablement rien de bon. Comment vais-je bien pouvoir me sortir de cette panade ? Tout ça pour une tablette de chocolat et un cahier. Je m'en mords les doigts. Finalement après de longues secondes de sueurs froides, c'est elle qui met fin au malaise : « Est-ce que je vais trouver l'amour ? » me demande-t-elle le plus sérieusement du monde. Je n'en crois pas mes oreilles, cette vieille taularde, krak de la prison et collabo des gardiennes, ne s'intéresserait au fond qu'à sa vie amoureuse ? J'en reste bouche bée. Mais je n'ai pas le temps de lui répondre qu'elle éclate d'un grand rire qui me fait sursauter. Elle appelle Orti Saïda pour lui répéter sa question, l'autre surenchérit aussitôt « demande si tu auras d'autres enfants ! » les deux s'esclaffent de plus belle en se tapant les cuisses. Bon, j'ai compris. Elles se payent ma tronche. La rigolade dure encore quelques minutes, jusqu'à ce qu'Orti Saïda soit terrassée par une quinte de toux et se tourne sur le côté pour reprendre son souffle. Je me retrouve alors de nouveau en tête à tête avec la Cabrane. Je fais mine de me relever pour partir, presque un peu vexée d'avoir été le dindon de la farce, mais elle me retient. Elle mélange les dominos qui étaient restés sur la table, les ramasse, puis les distribue : « C'est d'accord, demain tu iras à la cantine. Mais ce soir, on joue. » Ça n'était clairement pas une proposition mais un ordre, je me rassois donc sans piper. Le jeu n'est pas sorcier, je me souviens bien des règles. La partie commence. Je m'efforce d'être une adversaire louable sans lui faire l'affront de la battre pour autant. Autour de nous dans la pièce toutes les détenues ont terminé leur repas. Certaines fument des cigarettes au bord des lits, d'autres se lavent le visage ou se brossent les cheveux du côté des lavabos. Petit à petit toutes finissent par regagner leurs couchettes et le calme s'installe dans la cellule. Je suis la seule à bénéficier de cette veillée prolongée. La table de jeu est calée entre le lit de la Cabrane et celui d'Orti Saïda, qui, tournée vers le poste de télévision, ne prête plus attention à nous. Je me retrouve confinée dans un mètre carré avec une meurtrière cheffe de gang, il y aurait de quoi suffoquer. Mais bizarrement le moment n'est pas désagréable, il est presque apaisant. Je me sens privilégiée et protégée. La Cabrane, dos rond et yeux rivés sur la partie, respire fort et lentement, d'un souffle profond de dormeur. Nous jouons sans échanger un mot et sans même nous regarder. Le temps s'est arrêté, comme suspendu dans une bulle. C'est alors que le nez penché sur les dominos sans interrompre la partie, la Cabrane se met à parler. Contre toute attente, elle vient à son tour chercher mon oreille ingénue.

Il n'y a rien à voir dans sa main qu'elle ne sache déjà. Qu'est-ce que je crois ? Que c'est moi qui vais lui raconter sa vie ? Tout était écrit, elle le sait parfaitement, elle n'a pas besoin que je le lui dise. *Mektoub*. Le destin. Il faut croire qu'Allah lui avait réservé cette vie de mord-la-poussière. Pour elle le programme c'était la main de Fatma dans la gueule, dès le départ. D'ailleurs les raclées avaient commencé bien avant lui. Toute petite déjà elle avait su à quoi s'en tenir. Il y avait toujours eu des hommes dans sa famille pour lui en coller une. Son père d'abord, d'aussi loin qu'elle s'en souvienne. À l'époque c'était comme ça qu'on élevait les mômes. Pour un objet renversé, un mot de travers ou une bêtise quelconque, ou parfois même pour rien du tout, gratis, histoire de rappeler qui était le patron. Ni elle ni sa mère n'y trouvaient rien à redire. Elles étaient femmes, coupables, inférieures, et donc d'accord pour morfler. Elle avait appris à filer droit et à encaisser quand la sale humeur du père éclatait. Depuis l'âge de cinq ou six ans elle maîtrisait les techniques : raser les murs, la mettre en sourdine, se faire plus petite qu'une souris. Elle avait vu sa mère faire avant elle, il n'y avait qu'à l'imiter. De femme à femme elle avait appris la culture de la peur et de la soumission. Sa langue maternelle c'était de la garder en toutes circonstances. Ne jamais répondre, ne jamais se plaindre, ne jamais donner son opinion, s'asseoir sur ses envies, traverser le salon en se faisant transparente, avancer dans la vie comme un fantôme. Plus tard à l'adolescence, quand le vieux père rouillé n'avait plus eu la force ni l'entrain pour l'envoyer valser, ses frères avaient pris le relais. Il y avait toujours une bonne excuse : son éducation, la réputation de la famille ou même la volonté de Dieu. En vérité ils avaient surtout hérité du caractère tempétueux de leur père et avaient la gifle facile. Ils se faisaient la main avant de cogner sur leurs propres femmes. Même Ibrahim son cadet de cinq ans s'y était mis pour se faire pousser les couilles. Quand même elle doit dire, la première torgnole du petit, ce bébé qu'elle avait dorloté, ça lui avait fait tout drôle. Celle-ci lui avait chauffé la joue pendant une bonne semaine, de colère, de déception, de honte aussi. Si même les gosses se mettaient à la dérouiller à présent ! Mais à ces coups-là aussi elle s'était résignée. Elle avait accepté les gifles du petit comme celles des grands. C'était pour son bien paraît-il. Pour faire d'elle une bonne fille à marier. Ils l'aimaient à leur façon. Et elle les aimait elle aussi ces jeunes chiens fous qui ne connaissaient pas leur force. Il fallait les voir le jour de son mariage, se pavaner en costume, comme de petits patriarches. On aurait dit qu'ils mariaient leur propre fille, recevant avec fierté les poignées de main et les félicitations des mâles de la tribu. On n'avait pourtant pas été le chercher bien loin le mari. C'est à un cousin que son père avait décidé de la donner. Les choses se faisaient ainsi, on ne lui avait pas demandé son avis. Du reste, le type n'était pas plus idiot ni plus laid qu'un autre. Pas moins non plus. Elle n'avait pas une haute estime des hommes de toute façon et n'avait jamais rêvé du prince charmant. Il avait été choisi pour sa situation. Apprenti policier, il était promis à un bel avenir. Peut-être même prendrait-il du galon si elle s'occupait bien de lui. Elle n'avait pas moufté. Ça avait fini par lui rentrer dans le crâne, à coups de savate, que son opinion ne valait rien. Elle n'avait même pas tiré la gueule le jour du mariage. La musique, les robes, les youyous, la farandole de plats, elle avait tout accueilli avec le sourire sans faire de vagues. La nuit de noces un peu moins. Elle avait dû plaquer sa main contre sa bouche pour ne pas crier quand l'autre l'avait déchirée en deux, sans prévenir, d'un grand coup de butoir. Elle doit avouer qu'elle y avait un peu cru au début au coup du mari gentil et respectueux, pour qui la femme est le joyau du foyer et blablabla. Elle en avait entendu parler, comme d'une licorne. Elle n'en avait jamais vu la couleur mais pourquoi pas après tout, peut-être que ça existait, peut-être que ça tomberait sur elle, peut-être qu'une page allait se tourner. Mais il ne lui avait pas fallu longtemps pour comprendre que non. Dès qu'elle était tombée enceinte il s'y était mis à son tour. Des bousculades pour commencer, puis des coups de coudes vicieux presque toujours dirigés vers son ventre. À croire qu'il voulait faire passer le môme. Mais lui s'en défendait, il n'avait pas voulu lui faire mal, elle était sur son passage, il ne l'avait pas vue, il était maladroit, il ne fallait pas mal le prendre. À d'autres. Sur la violence des hommes elle en connaissait un rayon, elle voyait bien quel chemin il prenait. Et ça n'avait pas manqué. Dès la naissance de la petite, les coups étaient devenus plus assumés. Des bourrades, aux gifles, aux coups de pied, aux poings dans la gueule. Quelque part elle préférait ça, c'était plus franc, au moins on savait à quoi s'en tenir. Une ordure comme les autres. Elle se demande bien comment elle avait pu croire qu'il en serait autrement. Les premières années elle avait pourtant tenu bon et accepté encore, trouvant sa force et son courage dans l'amour de ses enfants. Elle avait donné naissance à trois belles petites filles. À chaque naissance son mari l'avait punie sévèrement de ne pas lui avoir donné de garçon. Mais ces roustes-là lui avaient été indifférentes. Elle qui n'avait jamais été que du vide se sentait pour la première fois remplie d'un océan d'amour et de chaleur. Elle aimait ses filles plus que tout et veillait à ce qu'elles ne manquent jamais de rien. Elle voulait pour elles l'enfance heureuse et douce qu'elle n'avait jamais eue et les préservait au maximum des accès de colère de leur père. « Pas peur, pas pleurer, *oumi*[1] est là. » leur répétait-elle en les caressant. Elle avait réussi pendant un temps. Elle avait obtenu de son mari qu'il la frappe à leur discrétion, pour qu'elles ne la voient pas souffrir elle, pour qu'elles continuent de l'aimer lui. Mais une fois les petites installées devant la télévision et la porte de la chambre refermée, elle prenait des dérouillées à en décoller le papier peint. Ça n'était plus les gifles de son père et de ses frères mais de véritables coups de poing de

1. Maman.

boxeur, droit dans le pif. Il le lui avait cassé trois fois ce salopard. Il en avait de la force. C'était un mauvais qui cognait dur et longtemps. Un professionnel de la brutalité, dont il avait même fait carrière. Il y allait avec les poings, avec les pieds et avec tous les objets qui lui passaient sous la main. Il la fouettait avec sa ceinture, l'étouffait avec les oreillers, l'assommait avec les chaises. Pour ça il faut dire qu'il avait de la ressource. Et une sacrée énergie. Plus d'une fois elle avait cru y laisser sa peau. Ses raclées la laissaient parfois sonnée pour plusieurs jours. Elle envoyait alors les enfants chez sa belle-mère et errait hagarde dans la maison comme une demi-morte, le visage gonflé et les oreilles bourdonnantes. Les scènes de violence s'espaçaient parfois, mais jamais pour longtemps. Deux mois de paix tout au plus et de nouveau elle ramassait ses dents. Plusieurs fois elle avait voulu appeler à l'aide mais à qui ? À la police ? Il était la police. À son père ou à ses frères ? Ils étaient tous complices. À des voisins ? Ils lui auraient ordonné de rentrer chez elle et d'obéir à son mari. À des amies ? Elle n'en avait plus eu depuis l'école. À sa mère ? Elle n'avait jamais su la protéger. Ne sachant vers qui se tourner elle avait encaissé comme toujours. Se faire petite, courber l'échine, se mettre en boule, protéger sa tête, serrer les dents, attendre que ça passe. Pendant des années elle s'était soumise à la tyrannie de son mari. Elle avait fait de son mieux pour être l'épouse humble et docile qu'il exigeait, en évitant soigneusement toutes les situations qui puissent le faire sortir de ses gonds. Mais un jour il y avait eu la claque de trop.

Elle était en train de faire la vaisselle quand elle l'avait entendue résonner dans son dos. Elle s'était retournée juste à temps pour voir sa petite Amina, alors âgée de sept ans, vaciller et tomber assise sur le carrelage, terrassée par la paume de son père. À cet instant précis quelque chose s'était brisé en elle, en même temps que la tasse qui lui avait échappé des mains. La digue avait craqué. Par cette gifle sur la joue rose et tendre de sa petite fille, tout ce qu'elle avait contenu de souffrance et d'humiliation s'était libéré. Un flot de colère s'était aussitôt engouffré dans la brèche. Bientôt il déferlerait sur le village et emporterait tout sur son passage. Elle l'avait su tout de suite. Elle avait posé l'éponge calmement sur le bord de l'évier, rincé et séché ses mains et relevé la petite qui pleurait en se tenant la joue. Elle l'avait serrée fort dans ses bras puis l'avait conduite avec ses petites sœurs chez une voisine. À son retour, son mari était affalé dans le canapé, pas plus perturbé que ça par ce qui venait de se passer. Son sang était resté froid tout du long, pourtant elle savait parfaitement ce qu'elle faisait et jusqu'où elle irait. Le son de la gifle cinglante sur la joue de sa fille résonnait encore dans ses oreilles, c'est ce qui lui avait donné la force de sauter le pas. Elle aurait voulu se jeter sur lui et lui rendre coup pour coup tout ce qu'il lui avait mis. Mais il était plus costaud qu'elle, il fallait être stratégique. À pas de velours, comme elle savait si bien le faire, elle était allée à la cuisine pour y récupérer son meilleur couteau à viande, puis elle avait contourné le canapé pour venir se planter face à son mari. Elle l'avait regardé droit dans les yeux. Ce sac à merde ne sachant ce qui allait lui arriver s'était plaint qu'elle lui bouchait la vue. Puis sans rien dire, sans crier, sans pleurer, sans trembler, comme elle l'avait toujours fait, elle s'était jetée sur lui, avec une force surnaturelle de somnambule, et lui avait mis cinq coups de couteau dans le buffet. Deux dans le cœur, trois dans les poumons avait révélé l'autopsie. L'autre n'avait rien eu le temps de faire. Il l'avait regardée, incrédule, ne comprenant pas ce qui se passait. Elle avait éprouvé de la satisfaction à le tuer et de la satisfaction à laisser à jamais sur son visage cet air idiot et ahuri. Ah il ne l'avait pas vu venir ce cochon, qu'il aille en enfer avait-elle pensé, plus jamais il ne leur ferait de mal, c'était tout ce qui comptait. L'héritage de peur et de souffrance s'arrêtait là. Elle avait coupé net la lignée de femmes victimes, de mère en filles. Ce qu'elle transmettrait à ses petites, elle, ce serait la rébellion, pour qu'elles n'acceptent jamais que qui ce soit leur mette sur la gueule. Il s'était écroulé quand elle avait retiré la lame pour la dernière fois, le cul en l'air sur le tapis, la raie dépassant minablement de son pantalon. Elle l'avait contemplé ainsi un moment. Jusqu'à ce que le sang s'arrête de couler. Elle n'éprouvait aucun remords, aucune peur, juste une paix profonde et nouvelle. Bien sûr elle aurait pu s'arrêter là, s'enfuir en emmenant les enfants, quitter la ville, mais pour aller où ? Tous les flics du pays seraient bientôt à ses trousses, elle n'avait aucune chance de s'en tirer. Au procès elle écoperait de la peine maximum elle le savait, la vie d'un policier coûtait cher. Alors tout bien pesé elle avait décidé d'aller jusqu'au bout, de se venger pour de bon, de tous ceux qui lui avaient fait mal. Tabasser. Tabasser comme on l'avait tabassée. Faire saigner les porcs. Elle s'était lavé soigneusement les bras et le visage, avait enfilé des vêtements propres, puis s'était recoiffée devant le miroir. Elle avait fermé toutes les fenêtres et les rideaux, récupéré les clés et l'arme de service de son mari, et quitté l'appartement, sans se retourner. Elle avait fait un crochet chez la voisine pour prévenir qu'elle partait faire une course. Elle avait embrassé ses filles. Longuement elle avait embrassé ses filles. Puis elle avait marché d'un pas rapide dans la rue jusqu'au domicile de ses parents. Deux kilomètres avalés en vingt minutes. C'est ici qu'elle allait finir le travail. Son père d'abord, qui prenait son thé à la table de la cuisine. Deux balles dans le caisson. Puis son frère aîné dans le salon, touché au ventre. Et enfin son petit Ibrahim qu'elle avait trouvé planqué derrière un lit. Elle avait hésité devant ce frère autrefois chéri et finalement non, une balle entre les yeux, à bout portant. Tabasser. Tabasser comme on l'avait tabassée. Faire saigner les porcs. Ah ça oui, ça saignait ! De partout même, et ça chouinait aussi. Sa mère accroupie dans la cuisine surtout. Et son frère aîné aussi, bien que plus faiblement, en un râle de macchabée. Pour celui-là malheureusement elle s'était loupée. Elle n'avait plus de balle dans le canon pour le finir, et honnêtement ça pissait tellement qu'elle avait pensé qu'il se viderait avant que les secours arrivent. Pas de bol le salopard s'en était sorti. Elle avait déposé un baiser sur le front de sa mère en partant, « c'est fini *oumi* », puis avait quitté la maison en abandonnant l'arme sur la table de la cuisine. Les flics alertés par le voisinage, l'avaient cueillie dès qu'elle était sortie, elle n'avait pas opposé de résistance. La suite je la connais, la Geôle, le procès, la Manouba. Elle me parle de tout ça parce qu'elle sait que je peux comprendre. Elle a vu à la télévision les images de mon arrestation. On ne parle pas le même langage mais on veut la même chose. Ils ne doivent plus nous faire de mal, « tabasser avant qu'on nous tabasse » répète-t-elle en tapant du poing sur la table, faisant bondir les dominos. Il faut que je la comprenne, elle n'est pas folle ! Il n'y a que les *sheitans*[1] dont elle souhaite la mort, pour que plus jamais ils ne brisent de vie comme ils ont brisé la sienne. La Cabrane n'a rien d'une repentie, elle revendique ses actes et promet sans frémir de recommencer si on la laisse sortir : elle fera couler le sang de tous les monstres qui cognent, violent, humilient et détruisent. Elle massacrera les maris violents, égorgera les pédophiles, zigouillera les proxénètes. Une montagne de bourreaux de femmes le cul en l'air sur le tapis. Il n'y a plus que ça qui occupe ses pensées. Elle ne l'a pas caché aux juges d'ailleurs et n'a jamais craché les remords qu'ils exigeaient. Jamais elle ne renierait le jour de sa délivrance. La loi du talion c'est elle, le bras de la vengeance c'est elle, la justicière, elle encore. Et elle en est fière. La Cabrane n'a pas peur de son reflet dans la glace, ni de ce qu'on dit d'elle, seul Allah la jugera. En attendant, elle me l'assure, elle ne rêve que de terminer ce qu'elle a commencé. En temps normal je deviendrais blême, prendrais la tangente ou pisserais dans mon froc. Mais aujourd'hui rien de tout ça. Je n'ai pas peur ni envie de m'enfuir. Je la regarde, je l'écoute. Je reçois le récit de cette tueuse assumée qui savoure sa vengeance à mesure qu'elle me la raconte et je l'accepte. Je la prends comme elle est, avec ce qu'elle a fait. Après tout peut-être que j'aurais pu moi aussi, tabasser comme elle a tabassé, si j'avais été confrontée à toute cette violence. L'espace d'un instant je suis la Cabrane, je suis ses blessures, je suis ses meurtres, je suis ses rêves, je suis sa vendetta. Je l'habite. Alors, penchées au-dessus de notre partie de dominos, presque front contre front, oui, à la fin, nous nous comprenons.

1. Démons.

Deux heures ont dû s'écouler depuis le début de la partie. Elle a beaucoup parlé, fait des pauses parfois, puis repris le cours de son récit. Mais elle ne dit plus rien à présent. Elle a l'air complètement ailleurs, absorbée. Elle est retournée là-bas, elle revit la scène, appuie sur la détente encore et encore. Ses yeux sont deux pastilles noires et vitreuses. Le feuilleton est terminé depuis longtemps, les draps sont remontés sur les corps endormis, des ronflements s'élèvent dans le silence de la nuit. Nous ne sommes plus éclairées que par l'ampoule des sanitaires. La Cabrane ramasse lentement les pions pour les remettre dans leur sachet en tissu. Je la regarde faire encore émue par le moment que nous venons de partager, et m'emballe « Au fait Cabrane, c'est quoi votre vrai nom ? » avant de me faire dûment rabrouer « pour toi, la Française, ce sera toujours Cabrane ». Message reçu, camarades mais pas copines. Je lui souris sans rien répondre. Le moment est venu de me retirer. Je grimpe sur ma couchette en prenant soin de ne pas trop secouer le lit pour ne pas réveiller Fuite qui dort la bouche ouverte, puis je jette un dernier regard avant de m'endormir sur cette paradoxale Cabrane, étrange personnage à la fois victime et bourreau, dure à cuire aux blessures cachées. Aussi sévère avec ses codétenues qu'intraitable avec ceux qui pourraient leur faire du mal, tueuse en série en puissance et féministe à sa dangereuse façon, qui n'a jamais été aussi libre que derrière ces barreaux. La Cabrane, c'est l'histoire d'une vendetta : un massacre à la Beatrix Kiddo pour se venger une fois pour toutes de la barbarie des hommes.

La Cabrane ne m'a plus adressé la parole depuis notre partie de dominos pourtant dans les jours qui suivent je vois mon quotidien s'améliorer comme par magie. Dès le lendemain matin, je comprends que le vent a tourné. Je traîne d'abord un peu sur ma couchette au réveil, observant la cellule qui s'active. Le campement de la nuit est levé pour laisser place au petit déjeuner. À ma gauche, la bande de Fuite et d'Hafida s'est installée autour d'une table. Elles me saluent de loin et m'invitent à les rejoindre. Je décline poliment, mais Hafida vient quand même m'apporter une tasse de lait tiède. Petit déjeuner au lit, royal. À ma droite, les dobermans se sont réunis autour de la Cabrane. Elles mangent comme à leur habitude penchées sur leurs gamelles sans s'adresser la parole. La Cabrane remarque que je les observe, me fixe un instant, sans toutefois me sourire ni me saluer. Aucune expression sur son visage ni lueur dans ses yeux ne trahit notre rapprochement de la veille, on pourrait croire que je reste pour elle un meuble parmi les meubles, mais je vois, je sais moi, que nos rapports ont changé. Elle m'ignore certes, mais pas comme avant. De loin, sans en donner l'air, elle est là qui veille. Dans la matinée, alors que les Blouses bleues ont quitté le pavillon, une nouvelle confirme mon intuition. Une gardienne vient me chercher et m'annonce que mon tour de cantine est arrivé. Je comprends tout de suite d'où me vient le coup de pouce et c'est avec un poil de suffisance que je descends de mon lit. À présent que je suis dans les petits papiers de la Cabrane je ne crains plus personne, pas même la matonne qui s'impatiente tandis que je m'habille et récupère mes coupons planqués dans mon exemplaire des *Contemplations*. Elle me gueule quelque chose en arabe qui vu le ton doit être un « Bouge-toi le cul j'ai pas que ça à foutre ! », mais je me paie quand même le luxe d'en taper cinq à Fuite avant de partir. J'en deviendrais presque insolente. La gardienne m'escorte jusqu'à la cantine et me fait signe avec ses doigts : j'ai cinq minutes pour faire mes emplettes. L'échoppe tient plus de l'épicerie de camping que du supermarché mais je trouve tout de même de quoi me faire plaisir. Je n'hésite pas à faire chauffer les coupons, l'occasion ne se représentera peut-être pas de sitôt. Je rafle trois paquets de biscuits, une tablette de chocolat, deux bouteilles de soda, un stylo, un cahier, du savon, du shampoing et deux paquets de cigarettes. Pas de papier toilette par contre, il va falloir que je continue de m'essuyer à la main. La Blouse bleue qui tient la boutique reporte scrupuleusement chacun de mes achats dans un calepin. Je règle ce que je lui dois, deux papiers jaunes et un papier orange, signe son registre de l'empreinte de mon doigt et ressors avant la fin du sablier, comme dans Fort Boyard. Dehors la gardienne m'attend pour me ramener en cellule. Je la suis d'un pas tranquille, comme un nabab avec deux sacs en plastique au bout des bras. Je ressens une joie immense à posséder de nouveau quelques petites choses après qu'on m'a privée de presque tout ce qui m'appartenait. Je remonte le couloir en roulant des mécaniques, toute fière du butin que j'emporte. C'est tout juste si les notes de *Stayin' Alive* ne résonnent pas dans ma tête. Je vais enfin pouvoir payer ma tournée et renforcer mes alliances. En fin d'après-midi, je prépare la petite collation le plus soigneusement possible, avec des biscuits dans une assiette et des carrés de chocolat prédécoupés, et je convie mes camarades. Protocole oblige, j'apporte un verre de soda à la Cabrane qui végète dans son lit avant de servir qui que ce soit. J'hésite encore sur l'attitude à adopter entre clin d'œil complice ou reculade déférente à la japonaise. Finalement j'opte pour une technique qui a fait ses preuves jusqu'ici, je lui tends le verre sans rien dire et m'éclipse fissa fissa.

Le reste de la soirée se poursuit dans la bonne humeur, en compagnie de Fuite, d'Hafida et de la petite bande habituelle. Elles s'amusent à me faire répéter en yaourt des paroles de chansons arabes. Je m'exécute comme un petit perroquet. Mon accent à couper au couteau les fait mourir de rire. On me prend par le bras, on me tape sur la cuisse, on m'allume ma cigarette, on m'accepte. Je continue de voir défiler des paumes dans mes mains, pour certaines parfois pour la quatrième ou cinquième fois. J'en ai pris mon parti et, jamais à court d'idées, je trouve toujours un bon présage, ou une parole encourageante à offrir à sa propriétaire, qui l'accueille d'une poignée de main chaleureuse ou carrément d'une accolade. Pour me remercier mes codétenues m'offrent un tatouage au henné : un rond dans ma paume (à l'endroit même où je lis pour elles l'avenir) pour me protéger de l'*Aïn* [1] et m'aider lors de mon procès. Donnant donnant. La pâte argileuse est étalée dans ma main, qui est ensuite enrubannée d'une bande de tissu humide que je devrai garder toute la nuit. Demain un beau disque auburn aura marqué ma peau et y restera plusieurs mois pour me porter chance. J'apprécie l'attention et me prête volontiers à la cérémonie du henné que j'accueille comme un rite de passage. Mon tour de passe-passe a fait de moi un petit singe savant dont une partie de la cellule s'est entichée. Je ne m'en plains pas. J'ai compris que pour supporter cet emprisonnement, il fallait que j'accepte d'y prendre ma place, quitte à jouer les diseuses de bonne aventure. L'affection que je reçois m'arme pour traverser chaque nouvelle journée. Tant que cela fonctionne, j'aurais tort de m'en priver. D'autant que jusqu'ici, les gardiennes ne semblent pas au fait de la lubie qui agite le pavillon D. Je sens encore le poids de quelques regards suspicieux, notamment de la part des dobermans et des plus âgées, mais aucune n'ose contester l'autorité de la puissante Cabrane. Placée sous sa coupe je suis devenue intouchable. Le

1. Mauvais œil.

lendemain les faveurs continuent. Je suis autorisée à aller pour la première fois à la promenade, un véritable évènement dans mon quotidien d'enfermement. La cour carrelée de cinquante mètres carrés n'est pas franchement propice à la randonnée mais j'en profite pour faire quelques longueurs entre les lignes de linge qui sèche. J'ai vraiment besoin de me dégourdir les jambes. Après des jours de confinement dans des pièces exiguës, allongée sur ma couchette la plupart du temps, les effets de l'immobilisme commencent à se faire sentir. Mes muscles sont ankylosés comme après un long voyage en train. La récréation ne dure qu'une dizaine de minutes mais chacune d'entre elles est savourée jusqu'à la dernière seconde. Rassérénée d'avoir pu prendre un peu l'air, revoir le ciel et sentir le vent sur ma peau, je supporte mieux le reste de la journée. Je l'occupe comme je peux, entre tâches quotidiennes, lecture et bavardages. Les filles me racontent leurs vies, me montrent des photos de leurs enfants, m'informent sur l'avancement de leur procès. Elles poursuivent mon éducation aussi, sur les mœurs de la prison, ses codes, son vocabulaire, ses lignes rouges et ses zones grises. Elles me racontent les couleurs de leurs campagnes, les odeurs de leurs jardins, le goût de leur cuisine, me vantent les beautés de leurs régions, des tapis de Kairouan aux poteries de Nabeul. Elles m'imprègnent de leur culture, me parlent leur langue et me l'apprennent. En immersion dans cet univers je fais rapidement des progrès et parviens de mieux en mieux à communiquer. Je glisse d'un bout à l'autre de la cellule, me faufile entre les lits, et deviens peu à peu louve parmi les louves, membre adoptée du pack.

Le jour d'après c'est pour aller à la « bibliothèque » qu'on me convoque. Je ne crois pas ma chance. J'ai bien entendu parler de ce lieu, mais comme d'une oasis dont personne ne savait si elle existait vraiment. Les codétenues que j'ai interrogées à ce sujet n'y ont jamais mis les pieds. À elles, le seul livre qu'on ait fourni est le Coran. J'ai déjà eu beaucoup de chance de pouvoir faire entrer mon Victor Hugo. D'après Hafida, la Manouba se targue de proposer des activités pédagogiques, de donner accès à une salle d'exercice et à cette fameuse bibliothèque, mais aucune détenue n'en voit la couleur. Les plus âgées en savent peut-être plus mais je n'ose pas encore leur poser de questions. La doyenne est un dinosaure qui vit la plupart du temps cachée dans les limbes de son lit. Je l'aperçois de temps en temps ouvrir son rideau comme une vieille corse sa persienne pour jeter un œil aux activités de mon petit tripot mais elle le referme toujours systématiquement quand je lui adresse un sourire. Rome ne s'est pas faite en un jour. Ni mon empire. Je dois patienter pour que les portes les plus secrètes s'ouvrent à moi. J'avais fini par penser que la « bibliothèque » était une légende qu'on faisait miroiter aux bleuettes dans mon genre pour les tenir sages. Un trésor se cacherait-il réellement dans ce taudis ? On me fait patienter de longues minutes dans un couloir devant une porte close attenante à celle flanquée de l'inscription « Assistante sociale ». La clé a disparu et les gardiennes retournent les tiroirs pour mettre la main dessus. Ce qui confirme qu'elle doit effectivement peu servir. Après un bon quart d'heure de recherches et trois essais infructueux, la bonne clé est enfin retrouvée. Je retiens mon souffle tandis que la gardienne l'enfonce dans la serrure rouillée, la tourne dans un grincement, et pousse lentement la porte. La pièce ne dispose pas de fenêtre et l'ampoule du plafonnier refuse de s'allumer. Il y fait si sombre que je ne distingue d'abord pas grand-chose, hormis quelques objets en désordre. Mais après quelques secondes, je finis par l'apercevoir dans le faisceau de lumière de la porte entrebâillée. Entre les chaises cassées, les seaux en fers, les rouleaux de peinture et les balais, la voilà, branlante, poussiéreuse, famélique mais triomphante : une étagère remplie de livres ! C'est la bibliothèque la plus misérable que j'aie jamais vue mais j'en ai les larmes aux yeux. Ces petits livres aux couvertures cornées et passées, serrés les uns contre les autres sur les planches mitées, sont comme des fleurs dans le bitume. Résilients, providentiels. Il y a là une cinquantaine de volumes, la plupart en arabe ou en anglais, dont j'ai du mal à déchiffrer les titres dans la pénombre. Je voudrais pouvoir parcourir toutes les tranches, les effleurer du bout des doigts, lire tous les résumés et sentir leur bonne odeur de papier avant de faire mon choix mais on me presse, comme toujours. Les gardiennes passent l'essentiel de leur journée à traîner nonchalamment leurs tentacules dans les couloirs ou à suer sur leurs chaises, mais quand il s'agit de nous accompagner quelque part on dirait toujours qu'elles ont un train à prendre. Je parviens à dégoter en vitesse un Agatha Christie en français et *The joy luck club*, livre en anglais dont je n'ai jamais entendu parler mais dont le titre m'inspire en ces circonstances. Je n'ai pas le droit d'en prendre plus, règle qui me semble absurde et injuste mais contre laquelle je n'ai pas le temps de protester puisque je suis rapidement tirée par la manche et sortie de la pièce. Tout est allé si vite que si je n'avais pas ces deux rubis tangibles entre les mains je croirais que je viens de voir un mirage. Mais ils sont bien là mes trésors. Je suis l'heureuse récipiendaire de sept cents superbes pages, vingt heures de plaisir si je parviens à faire durer. À raison de deux heures de lecture par jour, c'est dix jours d'évasion qui m'attendent. Leur valeur est inestimable. De retour en cellule je n'ai qu'une envie, sauter sur ma couchette et me plonger dans un livre, mais Fuite m'attrape par le cou dès mon arrivée. « Bonne nouvelle Bolona, tu viens d'obtenir le sésame du marché noir, j'ai eu le feu vert de tu-sais-qui », m'annonce-t-elle en fanfaronnant. D'ailleurs elle a quelqu'un à me présenter. Leïla, la quarantaine bien tassée, bras secs et noueux comme des branches d'arbres, duvet de moustache brune, regard perçant et allumette au coin des lèvres, n'est autre que la boss du marché noir. Elle se tient les bras croisés et le menton relevé devant moi d'un air défiant, mais je ne me démonte pas. Tant que Fuite et la Cabrane sont là je ne crains rien et son matos m'intéresse. Je lui tends la main et me présente : « Bolona. *Labesse ?* », en jouant presque les caïds. Leïla me serre la main et ces présentations faites, lance à voix basse la négociation. Aujourd'hui, elle a du lourd à me proposer : cigarettes Cristal, allumettes, amandes fraîches, sachets de glibettes, cotons-tiges et même la possibilité de passer commande pour des bricks à l'œuf ! Où quand comment trouve-t-elle le moyen de préparer des bricks à l'œuf je me le demande, mais chut, d'un geste furtif devant la bouche, elle me fait comprendre que je ne dois pas poser de questions. Si je veux jouer dans la cour des grandes il faut que j'en accepte les règles (et les risques) sans chercher à en savoir plus. Me sentant pousser des ailes depuis quelques jours j'accepte sans hésiter, les clopes, les allumettes, les amandes, les glibettes, les cotons-tiges et même les bricks. Je paye en coupons et récupère la came. Leïla empoche le magot, m'adresse un petit hochement de tête entendu et tourne les talons. « Dorénavant, me dit Fuite, si tu as besoin de quelque chose tu demandes Leïla, tu seras surprise de tout ce qu'elle peut dégoter. » Ravie de ma journée, je saute sur ma couchette pour m'en griller une. Un bras derrière la tête, les pieds croisés, la Cristal au bec et deux livres posés contre mon flanc, je savoure ma baraka. Je suis fière de parvenir à mener ma petite barque et je me sens effrontément hors de danger. À la nuit tombée, je m'endors maintenant sans crainte qu'on me dépouille, tripote ou maltraite pendant mon sommeil. Si quelqu'un s'approche, elles seront nombreuses dans la cellule à lui tomber dessus. Sous leur protection il me semble n'avoir plus rien ni personne à craindre, pas même les cafards que je laisse magnanimement gambader sur les rebords de mon lit.

Mais le matin suivant c'est la douche froide. Je suis réveillée *manu militari* à 7 h 30 par la Cabrane qui a son air renfrogné des mauvais jours. Elle m'informe que je dois me lever et me préparer sur-le-champ car je suis convoquée dans le bureau de la directrice. Je blêmis en une seconde. Fini l'outrecuidance, à cette annonce je redeviens aussitôt la gamine tétanisée des premiers jours. Ça y est, les gardiennes ont découvert mes activités clandestines hautement hérétiques et m'ont balancée à leur cheffe. Ou alors, le réseau de marché noir vient d'être démantelé et Leïla m'entraîne dans sa chute. Peut-être encore que quelqu'un est tombé sur les notes griffonnées dans mon cahier dans lesquelles je maudis les gardiennes, la Manouba, l'État tunisien et Allah en personne. Non, je sais ! La folle de la douche qui me provoquait en se touchant les seins a lancé une rumeur et nous allons être punies toutes les deux pour homosexualité. J'aurais dû m'en tenir au plan initial, n'adresser la parole à personne, m'enterrer toute la journée sous mes draps, et ne sortir à la nuit tombée que pour satisfaire mes besoins naturels, en rampant, devenant peu à peu une créature pâle et velue, un Golum solitaire, mais peinard. Tout est fichu à présent, je suis cuite. Autant préparer tout de suite mon baluchon pour le mitard. Au moins là-bas je serai tranquille, seule avec moi-même. Et les cafards. Et les rats. Et les squelettes. J'essaye de me maîtriser et de ne rien montrer de mon stress en enfilant ma chemise et mes pantoufles. J'irai à l'échafaud d'accord, mais dans la dignité. Telle une Olympe de Gouges en pyjama. Hafida, Fuite et la bande m'observent sans rien oser dire, l'air contrit, pendant que la Cabrane attend les bras croisés que je finisse de me préparer. Tout cela ne présage rien de bon. Je me débarbouille et m'arrange du mieux que je peux mais je n'ai rien le temps d'avaler, car déjà une gardienne arrive pour m'exfiltrer. Vers le couloir de ma mort. Pour rejoindre le bureau de la directrice qui se trouve en dehors de la zone d'enfermement je dois suivre le protocole de sortie. À peine réveillée me voilà mise à nu pour une fouille au corps musclée. Les deux gardiennes qui s'occupent de moi se montrent particulièrement zélées. Je me demande ce qu'elles cherchent avec tant de frénésie dans les coutures de mes vêtements. Il faudrait que je sois sacrément ingénieuse pour avoir fabriqué une arme létale avec les allumettes, les cotons-tiges et les noyaux d'amande dont je dispose. J'ai beau en apprendre un peu plus chaque jour sur l'art de la débrouille je ne suis pas MacGyver. En fait, je suis certaine qu'elles le font uniquement pour m'énerver. Je n'avais déjà pas beaucoup d'allure avec mes vieilles fripes, ce carnage ne va rien arranger. Je patiente en tenue d'Ève, une main devant mon sexe, sans protester, tandis qu'elles déchirent mes affaires. Elles jouent avec mes nerfs mais je me force à rester impassible face à leurs provocations. Si je perds mon sang-froid elles gagnent la partie, si je reste stoïque c'est moi qui l'emporte. Quand elles en ont fini avec mes fringues elles s'en prennent à mon corps, toujours à quatre mains. Elles soulèvent mes bras, écartent mes jambes, tirent sur mes cheveux, m'obligent à me pencher, à m'accroupir, puis à tousser à m'en décoller la plèbe, le tout accompagné de commentaires, que je ne comprends pas, et de rires, que je comprends trop. C'est long, c'est pénible, j'ai un peu envie de pleurer mais je me retiens. Elles finissent par jeter mes vêtements en boule à mes pieds comme un crachat, signe que je peux me rhabiller.

C'est chancelante, les cheveux ébouriffés, le pantalon de traviole et la chemise en vrac que je me présente à la directrice. On dirait que j'ai picolé toute la nuit. J'ai la chair de poule en pénétrant dans la pièce, peut-être à cause de la clim qui tourne à plein régime, ou à cause des deux yeux noirs qui me fusillent. Sans interrompre sa conversation téléphonique elle me fait signe de refermer la porte et de prendre place sur une chaise face à elle. J'obéis sans un mot. Au lieu de l'ogresse que j'imaginais je découvre une femme d'à peine quarante ans à la mise impeccable. Elle ne porte pas l'uniforme marronnasse et auréolé sous les aisselles des gardiennes mais une chemise noire à galons parfaitement repassée et un pantalon à pince. Un imposant collier en or et des perles aux oreilles complètent sa tenue. Ses mains sont parfaitement manucurées et ses cheveux, bruns et lisses comme des rubans, tirés en queue-de-cheval. Ses grands yeux noirs sont surmontés de sourcils épais et parfaitement droits qui accentuent la beauté assassine de son regard. Un énorme bureau en bois d'un bon mètre de large nous sépare mais je sens d'ici son parfum puissant, épicé et viril, emporté par le souffle froid de la climatisation. Sa conversation terminée elle repose le combiné et se penche vers moi avec gravité. Les coudes posés sur le sous-main kaki et les doigts croisés sous son menton, elle a l'air d'une principale de lycée prête à m'envoyer en conseil disciplinaire. Quelques secondes passent avant qu'elle n'ouvre enfin la bouche, durant lesquelles je me demande avec inquiétude à quel moment le feu en sortira. Au lieu de ça, c'est une tempête de givre qui me fouette au visage. Sans jamais un mot plus haut que l'autre, ni aucune familiarité, la directrice entre dans un long monologue qui débute par ces mots glaçants « Sachez, Mademoiselle, qu'ici je sais tout, je vois tout, je suis partout ». Son discours prend d'abord de faux airs de mansuétude, m'assurant qu'elle veillera personnellement à ce que ma détention se déroule dans de bonnes conditions, puis il se fait menaçant. Sa rhétorique hypocrite et perfide consiste à s'inclure dans tout ce que « nous ne voudrions pas qu'il arrive », pour me dresser la liste de tout ce qui se passera si je contreviens à son autorité. Bien sûr, NOUS ne voudrions pas que je sois privée de visite ou de courrier, NOUS ne voudrions pas que je sois séparée de mes camarades, NOUS ne voudrions pas que les gardiennes aient à sévir, NOUS ne voudrions pas non plus que je sois mise au régime sec, ni que je doive garder la chambre pour éviter le soleil trop brûlant de la cour, surtout NOUS ne voudrions pas que les juges aient vent de mauvais comportements de ma part. Au contraire, NOUS voulons tout faire, toutes les deux, pour que ma détention se termine le plus rapidement possible et se déroule dans le calme et dans le respect, à commencer par celui des valeurs de ce pays. « N'est-ce pas Mademoiselle ? » me demande-t-elle, dans un sourire de Grinch. Je parviens à peine à desserrer les dents pour lâcher le « bien sûr » qu'elle attend. Son monologue tourne à la leçon de morale. Elle m'explique qu'ici il y a des règles, des lois, une morale et des choses qui ne se font pas, que ce pays n'a pas besoin de féminisme puisque les femmes y sont traitées comme des joyaux et que la religion d'État qui les honore exige d'elles en retour pudeur, modestie, et irréprochabilité. En prison particulièrement, on attend d'elles vertu, tempérance et obéissance. Les journées entières des prisonnières doivent être consacrées à la repentance et aucune distraction ne doit les en détourner. Aussi m'invite-t-elle vivement, pour ma culture personnelle, à consulter sur le sujet la neuvième sourate du Coran, dont elle dépose sentencieusement un exemplaire devant moi, comme s'il s'agissait du Code pénal. Tout en parlant, elle fait lentement le tour de son bureau en faisant claquer ses talonnettes sur le carrelage. Puis, elle s'arrête derrière moi et pose ses deux mains sur mes épaules. Elles sont glaciales comme des mains de cadavre. Je frissonne.

Elle se penche au-dessus de mon oreille et conclut presque en chuchotant : « Ici Mademoiselle, c'est moi qui ai le pouvoir de tout savoir, personne d'autre. Si vous me prenez pour une imbécile, je le saurai, croyez-moi. » Elle a prononcé cette dernière phrase en enfonçant ses ongles dans ma peau, avant de revenir s'asseoir, calme et impassible, face à moi dans son fauteuil en cuir. Je me demande si ce sont mes activités païennes de divination ou mon « crime de débauchée » qui me valent son animosité. Peut-être s'agit-il simplement d'un laïus qu'elle sert aux détenues pour les intimider, notamment quand elles sont susceptibles de poser problème, de se rebeller ou de corrompre les esprits. Identifier et neutraliser les vers dans la pomme font probablement partie de son profil de poste. Ce doit être son rôle de faire plier les femmes, jusqu'à ce qu'elles cassent. Je comprends que la directrice me raconte elle aussi une histoire, celle trop connue, de la misogynie intégrée. Ou comment une femme décide d'en tyranniser d'autres et de rabaisser son propre sexe pour être adoubée, et donc acceptée, par le cercle très privé du pouvoir masculin. Elle me congédie en m'invitant à « bien réfléchir à tout cela » et en poussant vers moi du bout de son ongle manucuré l'exemplaire du Coran. Si je m'écoutais je l'emplâtrerais avec son bouquin. Mais je n'ai pas le cran pour un tel acte de rébellion. Aussi je dois me contenter d'une plus modeste subversion. Je me penche, la regarde droit dans les yeux et repousse le livre dans sa direction, puis je me lève et quitte la pièce, sans lui dire au revoir. Une fois dans le couloir, je suis presque soulagée de retrouver la chaleur pestilentielle et étouffante du reste de la prison. Néanmoins, je ne regagne pas tout de suite mon pavillon puisque je vais avoir le droit à mon premier parloir.

Dans une pièce non loin du bureau de la directrice m'attend une représentante de l'Ambassade de France. Je soupçonne la directrice de m'avoir convoquée juste avant cette visite pour me couper l'envie de trop en dire. Pour s'en assurer, elle a même posté une gardienne devant la porte. L'oreille de Moscou est aux aguets et m'empêche de parler librement. Je renonce à me confier sur les fouilles musclées, les conditions d'hygiène rudimentaires, ou la séance d'intimidation qui vient d'avoir lieu. Je déclare être dans l'ensemble bien traitée, en insistant sur le « dans l'ensemble », ce qui est vrai dans la mesure où j'ai pu dormir dans un lit, me nourrir et me laver. La représentante de l'ambassade dépose un sac en plastique entre nous sur la table d'un air entendu, comme pour me dire « je sais, je comprends, n'en dites pas plus ». Il contient des débardeurs et des sous-vêtements, des cigarettes, un paquet de biscuits, des protections hygiéniques, du savon, des magazines et surtout une dizaine de bananes et d'oranges ! Leur bonne odeur vient chatouiller mes narines quand elle entrouvre le sac plastique. Ce cadeau est providentiel, je n'ai pas mangé de fruits ou de légumes frais depuis des jours et le manque de vitamines commence à se faire sentir. Je ne peux pas encore y toucher car le contenu du sac doit être contrôlé par les gardiennes. Je les recevrai en cellule, elle s'en est assurée. Le sac disparaît sous la table mais pendant quelques secondes j'ai du mal à penser à autre chose. J'ai la tête bourdonnante et le regard trouble, comme une junkie qui aurait aperçu sa dose. Pourtant il faut rester concentrée, nous n'avons que quinze minutes devant nous et beaucoup d'informations importantes à échanger. J'apprends que mon affaire fait grand bruit à l'extérieur et secoue l'opinion publique, tous les médias en parlent, ce qui a poussé les responsables politiques français et tunisiens à s'exprimer sur le sujet. Les uns appelant à la clémence, les autres condamnant un acte jugé immoral. Tout cela pourrait jouer en ma faveur comme en ma défaveur. Les juges pourraient vouloir me faire sortir pour mettre fin au scandale, ou au contraire me condamner fermement pour l'exemple. Elle n'est pas en mesure de me donner un pronostic fiable pour l'instant mais me promet que mon avocate devrait bientôt me rendre visite. Avant de partir, elle m'annonce une nouvelle importante : mon procès aura lieu dans une semaine. La salle sera certainement pleine et les débats s'annoncent houleux, il faut que je me prépare à une audience éprouvante, me prévient-elle. Quand elle se lève pour me serrer la main au moment de partir, je mesure ma déchéance. J'ai été moi aussi, dans ce qui me semble une vie lointaine tellement le temps ici est distordu, cette jeune femme en jean et chemise blanche, aux cheveux propres et à la peau immaculée. Je me sens comme une moins que rien avec mes boutons, mes jambes poilues, mes cheveux gras attachés par un morceau de tissu et mon look improbable. J'ai honte de mes ongles longs et sales en lui serrant la main. Je crois qu'elle le remarque. Son sourire compatissant vient m'achever.

Malgré cette visite et la promesse des denrées à venir, je rentre de ma sortie matinale un peu abattue. Si, forte de mes alliances, je m'étais sentie pousser des ailes ces derniers jours, ces deux entretiens m'ont ramenée brutalement à la réalité et à mon statut de prisonnière. J'aurai beau améliorer mon quotidien, les écrous, les verrous, les grilles, les portes, les clés, les barbelés, les menottes et les gardiennes seront toujours là. Et de cela, aucune Fuite, aucune Hafida, ni aucune Cabrane ne pourra me libérer.

Dans l'après-midi deux évènements viennent en faire l'implacable démonstration. D'abord un saccage en règle de mes provisions, au cas où je doutais encore des menaces de la directrice. Le sac plastique de l'ambassade me revient dans un état pitoyable. Sous prétexte de « vérification » les paquets de cigarettes et de biscuits ont été éventrés, les coutures des débardeurs ont été déchirées, quant aux magazines s'ils n'ont pas tout simplement disparu, des pages entières en ont été arrachées, soi-disant parce que s'y trouvaient des « obscénités » (comprenez des épaules ou des genoux). Mais le pire est le sort réservé aux bananes et aux oranges qui ont été à moitié pelées, ce qui par cette chaleur rend toute conservation impossible, afin de « vérifier qu'il n'y avait pas d'objet tranchant à l'intérieur ». Comme si l'ambassade de France pouvait faire entrer des lames de rasoir dans les prisons tunisiennes, pour permettre à ses ressortissantes de se foutre en l'air ou de crever les yeux des gardiennes. J'espérais faire durer ces précieuses provisions sur une semaine pour me refaire une santé. Écœurée, j'ai envie de tout balancer par terre, mais cette marchandise, même saccagée, est trop précieuse pour que je la gaspille. Au lieu de ça, je distribue les quartiers d'oranges et les morceaux de bananes autour de moi, et nous les mangeons en vitesse comme par vengeance avant qu'ils ne se gâtent. En fin d'après-midi la directrice persiste et signe en envoyant quatre de ses sous-fifres retourner la cellule pour une fouille générale. Heureusement Fuite, qui a toujours une oreille qui traîne dans les couloirs, parvient à nous prévenir cinq minutes avant leur arrivée. En quelques secondes le mot est passé et c'est le branle-bas de combat. Tout le monde s'affaire autour de sa couchette pour faire disparaître le matériel prohibé. Tout se passe très furtivement et je n'ai pas le temps d'apercevoir les objets frauduleux. Mais devant l'agitation générale j'ai quelques sueurs froides. Quels sont donc ces objets qui tiennent dans une main et disparaissent en un clin d'œil vers leur cachette ? De la drogue, des objets tranchants, des téléphones ? Ou peut-être plus raisonnablement : des pinces à épiler, des coupes ongles, des fourchettes ? Fuite m'attrape par le bras et m'invective : « Bolona tu n'as rien écrit de mal ou de *Haram*[1] dans ton cahier ? Nettoie-moi tout ça ! » À mon tour je me précipite sur mes affaires, pour rayer ou déchirer les inscriptions délictueuses de mes notes. Gros mots, insultes, prénoms, slogans libertaires et petits dessins de femmes le poing en l'air disparaissent dans le trou des toilettes. Mon cahier et mon livre ainsi nettoyés je n'ai *a priori* plus rien en ma possession qui puisse m'attirer des ennuis, pourtant quand vient mon tour ma gorge se serre. Les gardiennes retournent mon matelas, secouent mes livres, vident la taie d'oreiller qui me sert de placard sans rien trouver d'incriminant, ce qui a l'air de les décevoir. Après leur départ le pavillon est dévasté comme après une descente de police et en contemplant avec désolation ce champ de bataille, me vient une certitude : entre la directrice et moi la guerre est bel et bien déclarée.

1. Illicite.

Durant les jours qui suivent ma confrontation avec la directrice, je décide de faire profil bas. Fini les soirées kermesse, aussitôt le dîner terminé je grimpe en haut de mon perchoir pour lire sagement jusqu'à l'extinction des feux. « Nous » ne tenons pas en effet à ce qu'elle mette le reste de ses menaces à exécutions. Si je ne la crois pas capable de me placer à l'isolement du fait de la médiatisation de mon affaire, je pense en revanche qu'elle n'hésitera pas à me séparer de mes alliées pour m'atteindre moralement. Ce serait pour elle une bonne manière de me frapper sans laisser de marques. Je n'ai pas envie de quitter le pavillon D et encore moins qu'une de mes camarades en soit privée à cause de moi. D'autant qu'elles connaissent déjà des moments difficiles. Une nouvelle détenue a rejoint la cellule dont l'histoire a complètement bouleversé ses occupantes. Warda n'a que quinze ans et pourtant les juges ont estimé qu'elle pouvait intégrer une prison pour adulte. La gamine, à l'évidence complètement perdue et terrorisée, pleure à chaudes larmes et demeure inconsolable depuis son arrivée. Hafida, qui naturellement l'a prise sous son aile, a toutes les peines du monde à lui extirper quelques mots pour essayer de comprendre ce qui a bien pu lui arriver. Finalement, entre les sanglots et les bégaiements, nous parvenons à déchiffrer quelques phrases. C'est Samira, l'institutrice, qui me traduit ses mots, penchée au-dessus de mon oreille, et comme les autres je suis glacée par ce que j'entends. Son histoire, c'est l'histoire de la trahison. Dans ce qu'elle a de plus injuste et de plus acharné. Il y a quelques semaines, alors qu'elle rentrait à pied du lycée, l'adolescente a été violée par un cousin qu'elle avait toujours considéré comme un frère et qui s'était offert de la raccompagner. Profitant de sa confiance, il l'a entraînée dans un champ, l'a attaquée, puis l'a abandonnée ensanglantée dans l'herbe sèche. Malgré la violence de l'agression, dès qu'elle a pu reprendre ses esprits, Warda a eu le réflexe de se rendre au commissariat pour chercher de l'aide et dénoncer son agresseur. Mais les policiers ont refusé de recueillir sa plainte, prétextant que la jeune mineure devait revenir décente et accompagnée si elle voulait être entendue. Warda est alors rentrée chez elle pour tout raconter à sa famille. Mais son père l'a trahie à son tour, ne voulant pas la croire et pire encore, la battant pour ses prétendus mensonges. Quelques jours plus tard, l'homme qui l'avait violée a été retrouvé pendu dans un hangar. Là encore, le sort s'est acharné et c'est Warda qui a été désignée coupable du meurtre. Sans enquête, sans témoin et sans preuve, la police en a déduit que c'était elle qui l'avait assassiné pour se venger. À la regarder toute frêle et tremblotante, avec son mètre cinquante-cinq pour quarante kilos, ses bras maigres et ses petites menottes, on voit tout de suite qu'elle n'a pas pu commettre une telle chose. Comment aurait-elle pu hisser et pendre à mains nues sans assistance, un jeune homme dans la force de l'âge ? C'est inimaginable. Et pourtant. Quelques jours plus tard, Warda a été traînée devant un juge qui a décidé, dans l'attente d'une enquête plus poussée, de l'incarcérer sur le champ, la trahissant pour la quatrième fois. Warda, complètement traumatisée, porte sur son corps les stigmates du torrent de violence qui s'est abattue sur elle en l'espace de quelques semaines. En plus de la tristesse qui ravage son visage, ses bras sont recouverts de bleus, laissés par les mains de tous les hommes (cousin, père, policiers ou gardiens) qui l'ont tour à tour brutalement empoignée. Plus terrible encore, une mycose s'est développée dans sa bouche dont on ignore si elle est due au stress, aux conditions d'hygiène de la Geôle ou à une MST que lui aurait transmise l'agresseur. Ses dents sont recouvertes d'une pâte blanchâtre qui déborde par moments aux commissures de ses lèvres. Sa bouche est tellement enflammée et purulente qu'elle ne peut même plus la fermer, mais personne du côté des gardiennes ni de l'infirmerie ne s'en inquiète. Warda est abandonnée à son triste sort. Aussi compatissantes soient-elles, les détenues qui possèdent des couverts n'acceptent pas de lui en prêter de peur d'être contaminées. La gamine doit se résigner à manger avec les doigts. De même, en dépit de ses nombreuses demandes, personne n'accepte de lui prêter de brosse à dents et plusieurs fois par jour on la voit tenter péniblement de nettoyer sa bouche pâteuse avec l'ongle de son index. La cellule est tellement bondée qu'elle doit dormir au sol, tête-bêche sur un matelas avec une autre détenue. Son petit corps dévasté tremble sous son drap, secoué par des sanglots qui durent jusque tard dans la nuit. Le matin dès qu'elle ouvre un œil ses plaintes reprennent de plus belle. Elle pleure sans interruption, en se balançant parfois comme une démente. Ni la douceur d'Hafida, ni l'autorité de la Cabrane ne parviennent à la calmer, et bien que son histoire ait touché en plein cœur l'ensemble des détenues, ses lamentations ininterrompues finissent par installer une tension palpable au sein de la cellule. Les détenues, d'ordinaire plutôt apathiques, s'énervent à la moindre contrariété, haussent le ton, se disputent comme des poissonnières, piquent des colères. Deux d'entre elles en viennent presque aux mains, séparées *in extremis* par la Cabrane. C'est comme si l'histoire de Warda avait réveillé toute la douleur et la colère sourdes qui sommeillaient en elles. Elles éclatent à présent en d'inutiles conflits, comme autant de prétextes pour laisser sortir leur trop-plein de rage. Trois jours après son arrivée une gardienne vient chercher Warda. Elle doit quitter la Manouba pour être transférée vers une autre prison sans qu'on sache pourquoi. C'est terrible à admettre mais je perçois le soulagement que provoque cette nouvelle chez les autres détenues. Sa souffrance, pour laquelle personne ne pouvait rien, était devenue un fardeau trop lourd à porter. Elles glissent dans ses mains des biscuits et des morceaux de chocolat en lui disant au revoir, comme pour s'excuser de n'avoir pas su mieux faire et Warda disparaît en pleurant, comme elle était venue. Son souvenir hante le pavillon pendant des jours après son départ.

Toute la tension et le désespoir accumulés finissent par avoir raison du moral d'Hafida, le rayon de soleil de la cellule. Privées de sa joie de vivre et de son optimisme, c'est comme si un énorme nuage noir s'était levé au-dessus de nos têtes. Hafida ne se départit pas de son sourire de façade mais on voit bien qu'il est devenu mélancolique, prenant des airs de madone triste de fond d'église. Elle devient moins active, passe plus de temps allongée sur sa couchette et semble à la peine dans chacun de ses gestes. La chaleur qui se fait de plus en plus intense n'arrange pas les choses, et un après-midi elle fait un important malaise qui provoque la panique dans la cellule. Les anciennes tentent de la redresser, la secouent, versent de l'eau sur son visage, la giflent à plusieurs reprises mais rien n'y fait. Elle reste inconsciente pendant de longues minutes. Les plus jeunes se ruent à la porte de la cellule pour appeler à l'aide. Une gardienne s'approche, jette un coup d'œil à travers la grille, mais ne daigne pas intervenir. Les malaises sont quotidiens en prison et la plupart du temps simplement vagaux ou hypoglycémiques, alors tant que la détenue respire personne ne s'affole. Qui plus est c'est dimanche aujourd'hui, l'infirmière n'est pas là, elle ne peut faire venir personne, qu'on se débrouille et qu'on lui jette de l'eau à la figure, elle finira bien par se ressaisir. L'impassibilité de la gardienne achève de mettre les plus jeunes dans une colère noire. Elles sont à deux doigts de renverser les lits et de cramer les matelas. Je n'ai jamais vu le pavillon dans un tel état de nerfs. Mais soudain le calme se fait. Boutheina, la doyenne, s'est levée et fend la pièce comme Moïse la mer Rouge. Toutes se taisent et s'écartent pour la laisser passer. Elle s'agenouille près de la malade, prend sa tête entre ses mains et exerce une pression derrière ses oreilles qui au bout de quelques secondes la fait miraculeusement revenir à elle. Les bénédictions à la gloire d'Allah et de la doyenne fusent dans la cellule, puis chacune regagne son coin pour laisser travailler la guérisseuse. Hafida est très pâle et peine à garder les yeux ouverts mais elle est consciente. La doyenne lui fait boire une gorgée d'eau et avaler un morceau de datte, puis elle l'allonge doucement. Elle s'installe à son chevet sur un seau retourné et entame une longue litanie, mi-prière mi-berceuse. Elle passe un linge mouillé sur son front, appose ses mains sur son ventre, exerce des pressions d'acupunctrice à l'intérieur de ses poignets, sous ses genoux et sur son crâne. Le spectacle est envoûtant. J'observe les gestes, lents, précis et concentrés de la vieille femme. Ils me rappellent ceux de mon grand-oncle rebouteux, docteur ès verrues et coupeur de feu hors pair, à des milliers de kilomètres de là. Je ne suis donc pas la seule « sorcière » de la cellule. Mais à côté de cette chamane je ne suis qu'une amuseuse de foire. Ses pouvoirs ont l'air d'aller bien au-delà de mes médiocres compétences. Décidément, cette mystérieuse doyenne a tout pour me fasciner. Depuis le début de ma détention elle se dérobe à mes regards et demeure totalement inaccessible. C'est un fantôme qui n'apparaît qu'à de rares moments de la journée, traversant la pièce dans un flottement, crocs en lévitation. Quand elle n'est pas à ses chaudrons en cuisine, elle disparaît derrière les rideaux de sa couchette, personne ne sait ce qu'elle y fait et personne ne pose la question. Je n'ai pas encore trouvé le moyen de l'approcher mais l'idée me chatouille de plus en plus. Plusieurs jours passent après l'impressionnant malaise d'Hafida pendant lesquels la tranquillité relative des premiers temps revient peu à peu. Mais une certaine morosité s'est emparée du pavillon qui me pousse à reprendre du service. Je n'ai pas les pouvoirs de la vieille sorcière pour soulager mes codétenues mais je peux au moins, à mon petit niveau, leur apporter de la distraction. Je m'inspire de son style pour contourner les interdictions de la directrice et exercer désormais en catimini. Les séances de chiromancie reprennent cette fois-ci à la dérobée et me conduisent vers de nouvelles rencontres. Se faisant, j'espère bien parvenir à me rapprocher tôt ou tard, à pas de velours, de l'intrigante Boutheina qui ne quitte plus mes pensées.

À la faveur de la nuit je découvre Chafia l'insomniaque. Chafia est ma voisine de lit superposé. C'est-à-dire qu'elle occupe la couchette supérieure du lit juste à côté du mien. La nuit nous dormons à cinquante centimètres l'une de l'autre, pourtant nous ne nous sommes encore jamais adressé la parole. Il faut dire que Chafia est une noctambule qui dort presque toute la journée. Assommée par la fatigue des débuts, je n'ai pas tout de suite prêté attention à son petit manège nocturne. C'est en perdant le sommeil après quinze jours de détention que j'ai découvert la vie qu'elle menait dans le plus grand secret. La nuit Chafia ne rêve pas, Chafia se brosse les cheveux, Chafia se lime les ongles, Chafia dessine dans son cahier, Chafia plie ses vêtements, Chafia tricote avec les doigts de petits chapelets de laine, Chafia chasse le cafard, Chafia se promène, Chafia vit sa vie de chat. Le tout en parfait silence, avec grâce et légèreté, tel un petit rat d'opéra. Et personne ne le remarque. Elle pourrait les dépouiller dans leurs sommeils que ses codétenues ne bougeraient pas d'un cil. Je ne serais d'ailleurs pas surprise qu'elle soit enfermée ici pour cambriolages. Seulement étonnée qu'elle se soit fait prendre. Quand elle finit par découvrir que je l'observe elle ne s'en offusque pas, et accepte la main que je lui tends dans le vide entre nos lits. S'ensuit une longue conversation de mimes ubuesque, faite de geste et de grimaces. Les lignes de sa main sont belles, je le lui apprends de deux pouces en l'air. De deux doigts collés sur le coin de sa bouche elle me confie qu'elle est ici pour avoir fumé du cannabis. Un an me précise son pouce. Mais elle a déjà fait neuf mois m'informent ses doigts. Elle n'en peut plus me dit son index en pistolet contre sa tempe. Courage il n'y en a plus pour longtemps lui répondent mes deux poings serrés. Pour me témoigner sa sympathie, elle soulève le bas de son tee-shirt et fait rouler son ventre dodu, sur lequel j'aperçois un énorme tatouage. Je lui envoie un clin d'œil entendu. Elle éclate bouche ouverte d'un grand rire silencieux. « Qu'est-ce que tu lis ? » lui demande le bout de mon menton. « Le Coran » me répond-elle en mimant une prière, « mais attends, regarde ça » poursuit son index relevé. Elle fouille dans sa taie d'oreiller et en sort un cahier. Elle fait tourner les pages sous mon nez pour me faire admirer tous les graffitis qu'elle y a dessinés. Je souris devant les paradoxes de cette jeune fille, qui entre deux pages de lecture pieuse, gratte des tags dans son cahier et fait la danse du ventre. Le jour elle porte le voile et se rend aux cours coraniques de la prison, la nuit elle redevient l'adolescente légère qu'elle était. Chafia raconte sans bruit toute l'histoire de la jeunesse brimée de la Tunisie, de ces milliers d'adolescentes qui brûlent de découvrir, d'explorer, d'expérimenter, de goûter, de vivre et de sortir du cadre (trop étroit) qu'on a tracé pour elle. Un pied en dehors du chemin et la sentence est immédiate. Ici, on ne laisse pas les brebis s'éloigner du troupeau. On les punit, durement, injustement, longuement, on les mate, on les écrase et on leur coupe l'envie de gambader trop loin de leurs bergers. Chafia était une adolescente insouciante en entrant à la Manouba. Qui sera-t-elle à sa sortie ? L'auront-ils fait rentrer dans la case ? Dessinera-t-elle, dansera-t-elle, et rêvera-t-elle encore ?

À la dérobée dans les sanitaires je partage un moment d'intimité incongru avec la discrète Fazia dont je me suis jusqu'ici toujours tenue à distance. Exercice peu compliqué puisque elle-même rase les murs. Elle sait que l'accusation d'infanticide qui pèse sur elle ne lui fait pas bonne presse. Il est vrai qu'il y a mieux comme carte de visite pour se faire des amies. C'est autant cela que ses collusions avec les yakusas du pavillon qui m'ont dissuadée de lui adresser la parole. Je me méfie d'Orti Saïda et des dobermans qui n'hésiteraient pas à me dénoncer aux gardiennes si elles découvraient que je continue de lire les lignes en cachette. Fazia n'a pas leur air mauvais et c'est même assez difficile de l'imaginer faire du mal à qui que ce soit. Elle se montre particulièrement douce et attentionnée quand elle s'occupe des autres. Elle masse, pédicure, borde, brosse et dorlote chaque jour Orti Saïda comme un bébé géant dont elle aurait la garde. Partout où l'ancienne matonne passe, Fazia est là qui la suit, tel un héron garde-bœuf. Je ne peux pas oublier le crime dont elle est accusée, c'est trop terrible et glaçant pour pouvoir faire table rase, mais malgré tout elle me fait de la peine. Les rumeurs disent qu'elle aurait balancé le nourrisson au sol. Elle affirme que c'était un accident. Je ne sais pas où est la vérité. Ce que je sais en revanche c'est que la vie de cette gamine est brisée. Fazia est finie. Elle ne pleure plus, ne parle plus, n'espère plus. Ses yeux sont éteints, ses sourires sont blancs et ses journées ne sont qu'un enchaînement de tâches ménagères accomplies mécaniquement, sans joie et sans peine. Quand je la croise cet après-midi dans les sanitaires elle est en train de préparer son nécessaire d'épilation. Le caramel exfiltré de la cuisine repose dans une petite casserole sur le lavabo. Dans une quinzaine de minutes la Cabrane, Orti Saïda et les dobermans (toutes des Blouses bleues) reviendront de leur sortie quotidienne et Fazia est déjà prête à s'occuper d'elles. Profitant de cet instant à l'abri de toute surveillance, j'ose pour la première fois lui adresser un timide « *labesse* Fazia ? » Elle a l'air touchée et heureuse que je m'intéresse à elle mais peu habituée à faire la conversation, encore moins en français-arabe comme j'en ai l'habitude, elle ne parvient pas à lâcher un mot et se contente de me sourire gentiment. Mais alors que je m'apprête à quitter les sanitaires elle m'attrape soudainement par la manche et me montre du doigt la petite casserole de caramel. C'est ainsi, par un drôle de concours de circonstances, que je me retrouve la minute d'après assise sur un seau en soutien-gorge, du caramel plein les aisselles, aux mains d'une présumée tueuse de bébé. Mais Fazia se montre gentille et amicale. Elle souffle sous mes bras après avoir arraché la bande collante, applique de l'huile d'olive sur ma peau en feu et me félicite d'une petite tape dans le dos après l'effort. Elle semble vouloir laver par une infinie douceur sa terrifiante réputation. À vrai dire je n'y pense plus. J'accueille sa marque de sympathie comme je l'ai fait pour toutes les autres, avec humanité. Je laisse courir ses petites mandibules sur mon corps, j'accepte leur caresse sur ma peau. Après qu'elle a terminé, je lui propose de jeter un œil aux lignes de sa main en guise de remerciement. Mais quand elle me tend sa paume une image me saisit. Toutes ses lignes sont recouvertes de mélasse brune. Symboliquement c'est comme si son passé et son avenir avaient été en un instant, effacés, engloutis. Je comprends alors que Fazia c'est l'histoire d'une disparition. Ou comment le système judiciaire fait disparaître des vies, à tout jamais, sans aucune perspective de réinsertion ou de réhabilitation. Sans état d'âme, sans chercher à comprendre et sans aucune certitude non plus. Rayée de la carte et reniée par les siens, c'est comme si Fazia était morte en même temps que sa petite victime. La justice et les Hommes l'ont effacée du monde. Il n'y a plus que son fantôme qui erre encore dans cette prison.

À l'abri des regards, cachée dans un placard, j'opère le lendemain un rapprochement des plus inattendus. Fuite s'est mis en tête de jouer les agents et m'a organisé un rendez-vous « spécial ». Avec elle je peux m'attendre à tout. La Cabrane est de mèche, ce qui me rassure un peu, au moins serons-nous couvertes de ce côté-là. Elles viennent me chercher en fin d'après-midi, entre la toilette des Blouses bleues et le début du repas, au moment de la journée où la cellule est suffisamment agitée pour que personne ne prête attention à nous. Fuite me briefe rapidement sur le « coup » à venir, qui doit apparemment nous rapporter un paquet de cigarettes Cristal chacune. Je n'ai pas pour habitude de monnayer mes services aussi je refuse fermement. « Tant pis alors ce sera tout pour moi », me répond-elle en haussant les épaules. « T'inquiète Bolona, tu vas comprendre », tente de me rassurer la Cabrane. Je me demande bien ce qu'elles ont mijoté. Après quelques messes basses, Fuite m'abandonne sur le seuil du pavillon en me tapant dans la main et en me promettant que tout ira bien. La Cabrane me fait signe de la suivre et nous nous faufilons dans le couloir comme des voleuses jusqu'à une pièce à quelques mètres seulement de notre pavillon où sont entreposés des sacs de semoule et des boîtes de conserve. La Cabrane m'abandonne ici un moment puis réapparaît cinq minutes plus tard l'air affolé : quelqu'un arrive il faut que je me cache ! Ni une ni deux, elle ouvre une chambre froide et me pousse à l'intérieur. Je me retrouve enfermée dans un frigo entre le beurre et les yaourts. Bon, cocasse. Je prends mon mal en patience les mains rentrées dans mes manches, c'est qu'il ne fait quand même pas chaud. Je l'entends qui parlemente dans la pièce d'à côté. Une porte s'ouvre et se referme, puis la Cabrane réapparaît. « Trop risqué dans le garde-manger, il faut trouver un endroit plus sûr », m'informe-t-elle, avant de m'entraîner à l'extérieur. Nous empruntons un couloir désert où je n'avais jamais mis les pieds, puis la Cabrane me fait pénétrer dans un cagibi. De mieux en mieux. Je patiente assise sur un tabouret me demandant bien ce que mes comparses m'ont réservé. Quelques minutes plus tard, on frappe à ma porte. Je me dépêche d'aller ouvrir, trop curieuse de savoir qui je vais trouver, puis je tressaille comme dans Tournez Manège en découvrant le visage de mon rencard : c'est Orti Latiffa ! Une des gardiennes les plus redoutées de la prison. Mais aujourd'hui elle vient en amie, et pour me le prouver me tend les paquets de cigarettes Cristal promis. Elle s'installe sur un seau à côté de moi, d'égale à presque égale. J'ai du mal à y croire, je suis enfermée dans un placard avec le pitbull de la Manouba, qui cette fois ne sort pas les crocs et se montre au contraire aussi doux qu'un bichon. C'est tout juste s'il ne donnerait pas la papatte. Finies les manières de brutes, Latiffa mène aujourd'hui une opération séduction. Superstitieuse, elle ne voudrait surtout pas froisser la marabout. Comme si le contact de son genou contre le mien ne suffisait pas à me mettre mal à l'aise, elle se met rapidement à me déballer sa vie. J'entre alors dans un moment de gêne abyssale. Du type ma boss me raconte sa vie sexuelle. Elle m'explique qu'à quarante ans elle n'a encore jamais connu l'amour et se réserve pour son futur mari (je peux comprendre que ça la travaille) et qu'elle a besoin de savoir quand le prince charmant fera enfin son apparition. Il faut imaginer : une gardienne d'un mètre soixante-quinze, avec un cou de taureau, à la voix de stentor et au tempérament colérique, qui lève d'un coup le masque pour se révéler adolescente tendre et romantique. C'est assez déboussolant. J'ai un peu envie de rire en pensant à son profil Meetic : « Prénom : Latiffa, âge : 40. Statut : célibataire depuis toujours. Profession : Orti. Hobbies : fouilles vagino-anales. Signe particulier : manie la matraque comme personne. Cherche grand amour pour première fois sensuelle et romantique, suivie de fiançailles + mariage + enfants. Criminels bienvenus. Pas sérieux s'abstenir. » Il lui faut sans doute beaucoup de courage pour se dévoiler ainsi devant une détenue. La discussion dure une bonne demi-heure durant laquelle tous les thèmes de l'amour courtois 2.0 tunisien sont abordés, les sites de rencontre, la dot, le mariage, les robes, la voiture, le futur foyer… Je découvre une Latiffa telle que je ne l'aurais jamais soupçonnée, rêvant de coup de foudre et de grand amour. Plus jeune, elle s'est opposée au mariage arrangé. Elle voulait travailler, gagner sa vie et rencontrer quelqu'un qui l'aimerait vraiment, telle qu'elle est. Elle a dû se battre pour imposer à sa famille ce choix de vie et pour décrocher cet emploi. Mais les années ont passé et le prince charmant n'est jamais venu. Elle n'a pas rencontré l'homme qui accepterait son métier, sa position et surtout son indépendance. Dès qu'elle leur parle de son travail, l'expression de ses prétendants change. C'est comme s'il la rendait moins propre, moins femme et moins « bonne à marier » à leurs yeux. Comme si son pouvoir à elle, leur en enlevait à eux. Mais elle veut encore y croire et cherche le regain d'espoir dans les lignes de sa main. J'essaye de répondre du mieux que je peux à ses questions, sans la décourager. Oui ses lignes sont belles, oui l'amour doit bien exister pour elle quelque part. Et je le pense sincèrement, l'amour se cache toujours quelque part, même pour les affreuses ogresses de prison. Qui suis-je pour briser les rêves de cette femme ? Elle en a les larmes aux yeux et me remercie pour mes présages et mes vœux de bonheur en me serrant les mains avec ferveur, « *Inchallah*, tu as raison La voyante, il n'est jamais trop tard pour que les choses changent ».

Les évènements et les rencontres des derniers jours m'ont perturbée. Allongée sur ma couchette à la nuit tombée je ressasse tout ce qui vient de se passer. Cela fait beaucoup de choses à digérer en l'espace de quelques jours. Je suis bouleversée par les histoires et les combats de toutes ces femmes. Une question obsédante tourne en boucle dans mon cerveau, à laquelle j'avais toujours cru savoir répondre dans mon manichéisme obtus de post-adolescente, mais qui aujourd'hui me laisse complètement désarçonnée. Où sont les bourreaux où sont les victimes ? Je ne sais plus. Les concepts de culpabilité et d'innocence me deviennent de plus en plus flous, poreux. Au lieu d'être les deux versants d'une pièce comme je le croyais, ils me semblent à présent s'entremêler et se confondre à tout instant. Si même les « gentilles » comme Warda et Chafia sont jetées en prison et si même les « méchantes » comme Fazia et Orti Latiffa se révèlent sensibles, touchantes, inspirantes même, je suis perdue. C'est comme si chaque nouvelle rencontre venait brouiller les pistes. Toutes mes visions du bien, du mal, de la justice, de la morale, sont remises en question. Les cartes de la vie sont rebattues, tout est à revoir. Je me défais peu à peu des préjugés moraux que je brandissais jadis avec l'arrogance d'un petit prêtre. Je désapprends. L'humanité s'est présentée à moi nue, dans ce qu'elle a de plus brut et de plus sincère, sans rien dissimuler de ses contradictions et de ses zones grises, faisant voler en éclat tous mes repères et me poussant à une introspection philosophique que je n'avais pas vue venir. Quand je promène mes yeux dans la pièce, je ne suis plus capable de distinguer les bonnes des mauvaises, les innocentes des coupables, les gentilles des méchantes. Ça ne marche plus comme ça. Et je comprends que la vie non plus ne marchera plus jamais comme ça.

Ce procès je l'attends depuis des semaines, pourtant maintenant que nous y sommes j'y vais un peu à reculons. D'abord parce que c'est une nouvelle étape inconnue et que jusqu'ici l'inconnu ne m'a rien apporté de bon, ensuite parce que cela signifie que je vais devoir subir deux des épreuves de détention que je redoute le plus : la fouille à nu et le trajet dans le camion asphyxiant des transferts. Mes fouilles à nu sont de plus en plus musclées, au point que je suspecte la directrice d'avoir donné la consigne de m'y malmener. Aucun coup qui puisse laisser de traces ne m'est porté mais les gardiennes se montrent agressives et trouvent toujours un moyen de m'humilier. Elles me crient dessus, déchirent les coutures de mes vêtements, commentent mon anatomie en riant. Hier, au retour de mon parloir avec l'avocate, elles m'ont même forcée à retirer ma serviette hygiénique ensanglantée et à la déposer sur le sol devant moi. Puis elles ont exigé que je tousse encore et encore avec une jubilation perverse, jusqu'à ce que, fatalement, des gouttes de mon sang tombent sur le carrelage entre mes cuisses. J'ai dû lutter durement pour ravaler mes larmes, du moins jusqu'à ma cellule, où j'ai éclaté en sanglots la tête dans mon matelas. Il faut dire que le parloir m'avait déjà mis un coup au moral. L'avocate m'est apparue comme je l'avais vue la première fois, affolée et toute en sueur, mais gonflée à bloc par la volonté, je crois sincère, de me sortir de là au plus vite. Même si j'ai compris depuis longtemps que les dés étaient pipés et que la partie ne se jouait pas au tribunal, son optimisme et son soutien m'ont fait chaud au cœur. Je me suis sentie un peu moins seule sur mon radeau contestataire quand elle s'est targuée d'avoir fait la Une des journaux elle aussi, il y a quelques années, photographiée le poing en l'air au milieu des manifestants pendant le printemps arabe. Je sens qu'elle s'implique à fond dans mon affaire, pour laquelle elle s'est d'ailleurs portée spontanément volontaire, sans que mes amies ni ma famille n'aient rien à lui verser. Elle me promet une plaidoirie retentissante mais j'ai l'impression, hélas, qu'elle s'apprête à mener un combat de Don Quichotte contre les moulins à vent. La vraie partie se jouera probablement ailleurs, dans de hautes (et troubles) sphères politiques, lors d'un oscillant bras de fer entre ambassades et gouvernements. La Tunisie politique hésite encore. Elle aurait bien envie d'affirmer son autorité en m'envoyant croupir quelques mois en prison mais elle ferait peut-être aussi bien de nettoyer au plus vite la tache médiatique que je suis. C'est cornélien. Je ne laisse rien voir à mon avocate de mon scepticisme, je ne veux pas la décourager. Je préfère la laisser croire qu'elle fera la différence, et qui sait ? Peut-être que je serai surprise. Avant de nous quitter elle me prévient que je risque d'être enfermée ici pour un an. La nouvelle est dure à encaisser mais j'apprécie sa transparence. C'est la première fois depuis que j'ai été incarcérée que quelqu'un pose des mots ou en l'occurrence un chiffre clair sur ma situation. Elle espère bien sûr pouvoir réduire la sentence, et peut-être même obtenir une libération immédiate. J'aimerais vraiment la croire mais je sais que je dois m'attendre au pire. Toutes les histoires que m'ont racontées mes codétenues ces deux dernières semaines m'ont échaudée. Je sais maintenant qu'il y a peu à attendre de la justice pour nous, les femmes, présumées coupables depuis longtemps déjà, si ce n'est depuis toujours.

La nuit suivante je tourne des heures dans mon lit avant de parvenir à trouver le sommeil, si bien que quand la Cabrane vient me réveiller à l'aube je dois avoir dormi à peine trois heures. C'est fatiguée, démoralisée et sans grand espoir pour l'audience que je me prépare à partir, traînant dur de la savate, donc. Parlant de savates, je comprends que c'est dans cette piteuse tenue que je vais devoir me présenter au tribunal. La chemise à fleurs et le pantalon pince à linge passent encore, mais je suis mortifiée à l'idée de devoir sortir en pantoufles. J'ai l'impression de vivre un vieux cauchemar d'enfance. Il ne manquerait plus qu'on m'y conduise en culotte et le tableau serait parfait. Mais je n'ai pas le temps de m'apitoyer car une gardienne m'attend déjà à la porte. Je me débarbouille en vitesse au lavabo, je remonte mes cheveux en un chignon que je noue avec un morceau de tissu, puis je boutonne ma chemise jusqu'en haut, c'est le mieux que je puisse faire. Ainsi « prête », je suis d'un pas peu volontaire mon escorte. Elle me conduit vers un groupe de détenues venues d'autres pavillons et déjà menottées deux par deux, puis elle m'attache à mon tour. Mon binôme du jour a la petite quarantaine, un regard noir profond, des pommettes saillantes, la peau abîmée mais des traits fins, à travers lesquels se devine encore la très belle femme qu'elle a été. La plupart des autres détenues sont de jeunes femmes noires ou métisses qui ont l'air de subir des conditions de détention particulièrement rudes. Leurs vêtements sont des loques, certaines n'ont pas de chaussures, et je remarque sur les joues de deux d'entre elles des plaies récentes, signe qu'elles ont subi des violences de la part d'autres prisonnières ou de gardiennes. Je suis horrifiée en découvrant ces prisonnières qui semblent vivre un calvaire dépassant largement ce que je peux connaître. J'avais une idée de ce qui se tramait dans d'autres pavillons que le mien, mais c'est autre chose de l'avoir sous les yeux. C'est le cœur serré que je progresse avec la colonne de femmes menottées jusqu'à la grille principale. Ici nous patientons quelques instants tandis qu'on nous distribue les sefsaris des sorties. Je rechigne à le mettre tant par conviction que par peur d'attraper des poux mais le foulard m'est enroulé de force autour de la tête par la Blouse bleue préposée aux douches dont j'ai déjà fait la sinistre connaissance. Nous ne sommes pas encore dans le camion et il est encore tôt, mais j'ai déjà trop chaud sous le tissu épais du sefsari. Nous sommes ensuite entraînées vers la salle de fouilles. À mon grand soulagement les gardiennes sont aujourd'hui expéditives, le temps presse et nous sommes trop nombreuses à malmener. On nous fait simplement soulever nos chemises et baisser nos culottes deux par deux dans l'exigu cabinet, puis on nous enfourne dans l'horrible camion. J'en profite, comme à chaque fois, pour jeter un rapide coup d'œil au ciel que j'ai si peu l'occasion de voir ces temps-ci. Les promenades sont si rares (deux fois par semaine environ) et si courtes (jamais plus d'un quart d'heure) que je savoure même quelques secondes grappillées à l'extérieur. On se tasse pour faire rentrer les dernières passagères, les portes se referment dans un claquement, puis c'est le noir complet. Passés de l'éblouissement du soleil à l'obscurité du coffre en quelques secondes, mes yeux peinent à s'habituer. Je ne vois plus que des taches de couleurs. Il doit faire près de 35 degrés, l'air est chaud et rare, nous sommes écrasées les unes contre les autres et je ne parviens pas à distinguer les visages qui m'entourent. Moi qui n'étais pourtant pas claustrophobe, je suis désormais prise de panique dès qu'on m'enferme dans ce coffre. Ma respiration s'accélère et je commence à haleter comme un petit chien. Dans le noir la voix d'une codétenue parvient jusqu'à moi « Calme toi, je suis là, ça va aller » me souffle-t-elle en français. Je sens ses mains s'activer autour de la paire de menottes qui nous relie et en moins d'une minute, comme une magicienne, elle parvient à s'en libérer, ainsi nous sommes un peu plus libres de nos mouvements. Dans un autre tour de passe-passe elle fait subitement apparaître de sous sa djellaba une bouteille d'eau presque fraîche qu'elle me tend généreusement. La grande rasade que je bois me permet de retrouver un peu d'allant. Mes yeux se sont enfin habitués à l'obscurité et son visage m'apparaît, triomphant « il faut toujours demander que les menottes ne soient pas trop serrées » m'explique-t-elle, « comme ça avec la transpiration, hop, tu peux faire glisser ta main et t'en dégager ! » Je la remercie pour le tuyau. « Au fait je m'appelle Souad, on s'est déjà rencontrées tu as oublié ? » Effectivement, j'ai du mal à la reconnaître. La dite Souad n'est pourtant pas du genre discrète. Volubile, détendue, presque gaie, elle anime la conversation dans le fourgon et ne semble pas plus perturbée par l'infernal trajet que par son procès à venir. Elle se débarrasse de son sefsari, échange avec les autres détenues, se lève dans la carlingue cahotante pour aller se coller à un trou dans la paroi qui forme un œilleton, négocie en gueulant à travers la cloison une cigarette auprès du chauffeur, qui la rabroue en arabe, se rassoit en jurant. Elle se tourne ensuite vers moi et me tape sur la cuisse : « Ça a l'air d'aller un peu mieux La voyante, retire-moi ce truc tu vas mourir de chaud. » Elle tire sur mon sefsari pour m'aider à m'en dépêtrer, puis le jette sans façon sur le sol devant nous. Elle passe le reste du trajet à discuter en toute détente avec une autre détenue, la sortie au tribunal a tout pour elle d'une promenade de santé. Pour ma part, je dois rester concentrée pour ne pas vomir. À intervalles réguliers elle me secoue par l'épaule pour vérifier que je vais bien. La méthode est un peu brutale mais ça fonctionne, je m'accroche à elle comme à un rocher et je parviens à tenir le coup.

Après un long trajet nous arrivons enfin à destination. Quand le véhicule s'arrête, Souad se précipite vers moi pour m'aider à remettre mon sefsari et glisse sa main dans la menotte, ni vu ni connu. Le chauffeur ouvre la porte arrière du fourgon pour nous en extirper deux par deux. Souad et moi sommes les dernières à sortir et je remarque avec surprise que le chauffeur lui glisse discrètement des cigarettes dans la main avant de nous pousser vers la porte du tribunal. Des policiers nous y accueillent. Nous cheminons derrière eux à travers plusieurs couloirs et escaliers avant de rejoindre les cachots du sous-sol. Ici, ils nous retirent nos menottes, puis nous répartissent au hasard des places disponibles. Le cachot où Souad et moi sommes enfermées est à peine plus grand que des toilettes. Le plafond est si bas qu'on peut tout juste s'y tenir debout et les murs si proches que nos genoux se touchent lorsque nous prenons place sur les deux bancs latéraux de la pièce. Nous sommes entassées à six dans ce petit réduit. Le policier voudrait y faire entrer une septième pensionnaire mais Souad écarte les coudes et les épaules pour le convaincre que plus rien ne passera. L'atmosphère y est aussi étouffante que dans le camion. Il y fait certes un peu moins chaud, mais une odeur d'égout, de sueur et de tabac y rend l'air tout aussi irrespirable. Et pour couronner le tout il n'y a pas d'ampoule électrique au plafond. Quand la lourde porte en bois mitée se referme nous sommes de nouveau dans le noir. Heureusement, Souad, qui n'a décidément pas froid aux yeux, prend les choses en main. Elle se lève et tambourine contre la trappe en bois qui occulte la lucarne percée dans un des murs, jusqu'à ce que le « chef » qu'elle appelle en criant finisse par se pointer et par accepter de la laisser ouverte. En prime elle obtient même qu'il lui allume sa cigarette. Un filet de lumière électrique nous parvient à présent du couloir, suffisamment pour pouvoir se voir. Le bout rouge de la cigarette circule de mains en mains et quatre autres tisons s'allument. J'ignore comment toutes ces clopes ont bien pu être planquées jusqu'ici mais je m'en serais bien passé, notre cachot se remplit d'une fumée épaisse qui me donne à nouveau la nausée. La détenue assise en face de moi s'adonne qui plus est à un étrange rituel. Elle laisse s'accumuler la cendre au bout de sa cigarette, puis quand la taille lui paraît suffisante elle utilise sa bouche comme cendrier. La tête en arrière elle fait tomber la cendre dans son gosier et l'avale sans sourciller. À chaque fois qu'elle répète l'opération je suis prise d'un haut-le-cœur. La pauvre doit avoir complètement perdu les pédales pour s'infliger cet immonde petit déj, mais personne à part moi ne semble s'en étonner. Le temps passe. Cela doit déjà faire une bonne heure que nous sommes parquées ici. Moi qui espérais rentrer rapidement à la Manouba, je commence à comprendre que je risque de passer ici une bonne partie de la journée. J'essaye de me changer les idées en me fixant des objectifs pour les jours à venir : 1- me faire prêter l'unique coupe-ongles de la prison (particulièrement difficile à obtenir), 2- demander du shampoing et de nouveaux vêtements à l'ambassade, 3- me faire envoyer des livres depuis la France, 4- acheter des amandes fraîches au marché noir, 5- enfin trouver le courage de parler à la vieille chamane. Ces pensées triviales de prisonnière m'aident à me calmer. La fumée dans la pièce ne désemplit pas. Dès que les détenues finissent une cigarette elles en allument une autre pour ne pas perdre la flamme. Elles bavardent comme si elles buvaient le thé, autour de Souad qui anime gaiement la conversation. Elle a de nouveau retiré son sefsari et même remonté sa djellaba sur ses genoux pour s'aérer un peu l'entrejambe. Prise de démangeaisons terribles sur la tête qui me font redouter d'avoir attrapé des poux pour de bon, je décide de l'imiter. Souad me décoche un clin d'œil complice et approbateur en me voyant faire glisser le foulard sur mes épaules.

Quand un policier arrive pour venir chercher deux détenues, nous devons vite les replacer. Le petit manège amuse beaucoup Souad qui ne manque pas de lui adresser un doigt d'honneur dès que la porte se referme et de rejeter aussitôt son foulard en arrière. Nous ne sommes plus que quatre dans le cachot et un peu plus à notre aise. Souad change de place pour s'installer face à moi, et face à la lucarne. Je sens qu'elle a envie de s'amuser. Elle fixe quelque chose ou quelqu'un au-dessus de ma tête, à qui elle adresse tout à coup des gestes obscènes. Elle sort la langue, se lèche les lèvres et attrape sa poitrine par-dessus ses vêtements. Puis elle éclate de rire et gueule ce que je crois être des insultes en arabe. Je me retourne et j'aperçois à travers la lucarne, de l'autre côté du couloir, trois têtes d'hommes agglutinées à des barreaux. Ce sont des prisonniers qui comme nous attendent leur procès. Je me demande depuis combien de temps ils nous espionnent. Le tableau est assez rebutant. Ils ont le regard lubrique, la bouche ouverte, les dents sales et de la bave séchée aux commissures des lèvres. Les cris de Souad ont ameuté les policiers qui s'empressent de chasser les trois voyeurs, à coups de matraque dans les barreaux. Toute fière d'elle, Souad m'adresse un sourire victorieux « Ça leur apprendra à ces animaux ». C'est alors que dans un flash je la reconnais. Je ne comprends pas que ça ne me soit pas revenu plus tôt. Cette femme espiègle et effrontée qui se moque clairement de toutes les règles de bienséance, mais bien sûr ! C'est la femme qui m'a provoquée dans les douches en se caressant les seins au début de ma détention ! Je comprends maintenant qu'elle s'est payé ma tête, avec probablement autant de jubilation qu'à l'instant. Elle a dû bien se marrer devant ma tronche déconfite de bleuette persuadée d'avoir affaire à une prédatrice ou à une cinglée. Elle ne me semble pas du tout folle à présent. Elle m'a plutôt l'air d'avoir toute sa tête, beaucoup de jugeote, et le pied très marin dans cet univers tanguant, où l'on manque si souvent de passer par-dessus bord. Elle n'a peur de rien ni personne et s'accommode comme une équilibriste de toutes les situations qui se présentent à elle. Ni la justice, ni les gardiens, ni les autres prisonniers ne l'impressionnent, et elle mène tout ce petit monde à la baguette. J'ai évidemment aussitôt envie de la connaître. Quitte à passer la journée dans ce cachot pourri autant en profiter. Je suis certaine que mon petit numéro de foire lui plaira, elle n'a pas l'air du genre à bouder les expériences nouvelles, aussi c'est sans hésiter que je lui propose de me donner sa main. « D'accord La voyante, montre-moi ce que tu sais faire », accepte-t-elle avec défi.

Les lignes de sa main sont immenses, torturées, pleines de croisements et de nœuds, ce qui semble l'exciter au plus haut point, pas inquiète pour un sou des péripéties funestes que cela puisse traduire. Au contraire, pour Souad chaque carrefour dans sa paume est la promesse d'une aventure à vivre. Tout semble bon à prendre. Il n'y a guère que la perspective d'accalmie, synonyme selon elle d'ennui mortel, qui entame son entrain. Elle veut vivre, beaucoup et longtemps et accueille de youyous joyeux et sonores la nouvelle de sa longue ligne de vie. Le rappel à l'ordre du gardien en faction dans le couloir ne lui fait ni chaud ni froid et elle m'encourage à poursuivre. Surtout, elle veut que je lui parle de sa ligne d'amour, qu'elle rebaptise « ligne de sexe ». Je ne suis pas une prude, mais je dois admettre qu'après la vie quasi monacale de ces dernières semaines, je suis presque choquée d'entendre prononcer ce mot sans la moindre gêne. C'est la première fois que je rencontre une détenue qui ne rit pas comme une adolescente à l'évocation, même absolument allusive, de sa vie amoureuse et sexuelle. Le sexe en prison est un immense tabou. Si je sais d'expérience, que le désir peut être là, brûlant, dévorant, douloureux même parfois à force de ne pas être assouvi, aucune n'a jamais l'audace de s'en ouvrir à qui que ce soit. Un quant-à-soi général règne sur la question. On peut se livrer sur ses peines et ses espoirs, sur la violence de ses crimes, sur ses projets de vengeance, sur ses traumatismes les plus enfouis, sur sa colère, sur sa haine même, mais jamais au grand jamais, sur ses envies sexuelles. Trop de paradigmes pèsent sur elles. La religion d'abord, loi au-dessus des lois, morale au-dessus de la morale, qui régente en permanence la vie de la prison. Le règlement ensuite, qui promet un allongement de peine de six mois à quiconque s'adonnerait à la luxure, seule ou – pire encore – accompagnée. La promiscuité encore, qui piétine de toute façon dans l'œuf toute velléité auto ou homo-érotique. La délation enfin, qui rôde, tout le temps, partout, et fait garder les mains bien au-dessus du drap le soir en s'endormant. Pour ne pas m'attirer les soupçons de mes codétenues et les foudres des gardiennes, je reste moi-même très secrète sur mon homosexualité. Tant par habitude que par peur toutes s'enveloppent dans leur pudeur et se muent en ascètes pour éviter les ennuis. Pourtant je vois bien dans leurs yeux, le soir à l'heure du feuilleton turc, qu'il ne faut pas beaucoup souffler sur la braise pour qu'elle se rallume. Le sultan Soliman en fait chavirer plus d'une et les respirations s'accélèrent quand ses mains effleurent (pourtant très chastement) les corps des femmes de son harem. Mais aucune n'a jamais abordé le sujet de la sexualité lors de nos échanges. Le rapport à la chair est dissocié, les prisonnières n'habitent plus leur corps qu'elles traînent comme des poids morts tout au long de la journée. La prisonnière et la femme sont deux sœurs siamoises, dont l'une, morte, pend au corps de sa jumelle qui la charrie comme un souvenir inanimé dans les dédales de la prison. Pourtant cette partie d'elle a été vivante un jour, chaude, vibrante, jouissante même. Souad, elle, n'a pas abandonné son corps, elle ne l'a pas placé en coma artificiel, et elle le fait bien savoir. Elle l'empoigne, le montre, le bouge, le dorlote, l'aime encore. Elle l'autorise à exprimer son désir de vivre. Je balbutie un peu au moment de répondre à sa question, moi-même proche de me changer en vestale à force de mener cette vie de couvent. Mais devant son insistance et au vu de l'agitation manifeste sur sa ligne d'amour, je finis par lui prédire d'explosives retrouvailles avec son amant à sa sortie de prison. « Avec MES amants tu veux dire ! » rectifie-t-elle en riant. Je lance un regard en coin aux détenues qui nous entourent pour guetter leur réaction, mais, tournée vers le mur pour l'une et occupée à déguster ses cendres pour l'autre, elles n'ont pas l'air de chercher à déchiffrer nos échanges. Souad s'exprime plutôt bien en français et n'a aucune timidité ni aucun filtre moral qui entraverait la conversation. Toutefois, à force de cabotinages et de plaisanteries, je peine à comprendre qui elle est vraiment. Son histoire se dessine lentement à mesure que nous discutons, à condition pour moi de démêler les fils qu'elle adore entrelacer, dénouer, et emmêler à nouveau. Elle jubile, en fait des caisses, déroule une anecdote, pour m'assurer ensuite qu'elle plaisantait voyons, fait des détours, tourne autour du pot, avance puis recule. Mais en acceptant de jouer selon ses règles je finis par en apprendre un peu plus sur cette Jacques Mesrine en djellaba, aux cent conquêtes et mille roublardises, embobineuse de gardiens, gouailleuse des cellules, facétieuse, drôle et si pleine de vie.

Déjà, d'après elle, en ce qui la concerne c'est une erreur judiciaire. Ou alors une aberration de la loi, j'appelle ça comme je veux. Il faut dire que les textes du Code pénal qu'on lui a sortis n'ont pas l'air de toute jeunesse, rien qu'à voir comment ils sont tournés. Et qu'on ne lui dise pas que Dieu le veut. Dieu, elle le connaît bien merci, et elle sait qu'il veut que les gens s'aiment, soient bons les uns avec les autres, et se fichent la paix pour le reste. On est au XXIe siècle quand même ! Ce que font un homme et une femme dans une chambre ça ne regarde qu'eux. Elle n'est pas mariée qu'elle sache ? Elle n'a trahi personne. Lui non plus ne l'était pas. Qui sont-ils ces juges pour venir fouiller dans leurs affaires ? Elle ne se gênera pas pour leur dire tout à l'heure quand viendra son tour. Elle leur dira comme ça : « Bonjour Messieurs les juges, je suis pas une *karba* comme celles-là moi – toutes des karbas dans le camion ce matin - je suis une femme libre ! » Nos deux voisines ont sursauté au mot « *karba* ». Devant mon air interloqué, Souad s'explique « Les accusations de prostitution c'est peut-être vrai pour elles mais moi je ne suis pas une pute, je fais le sexe avec qui je veux, quand je veux, et pas pour le *flous.* ». Les deux détenues lui lancent des regards noirs (aussitôt retournés) mais ne protestent pas davantage, préférant éviter une bagarre qui tournerait certainement en faveur de la fougueuse Souad. Le problème selon elle c'est que le type était libyen. « Racistes ! » lâche-t-elle en sifflant entre ses dents. Beau comme un soleil pourtant. De belles dents bien alignées, de beaux muscles bien dessinés, une belle bite aussi, qu'elle aurait bien admirée plus longtemps si elle n'avait pas été interrompue par de grands coups dans la porte. « Police ! Ils ont crié. Moi j'ai pleuré, pleuré, supplié, je suis pas une *karba*, s'il vous plaît Monsieur l'agent. À genoux j'étais ! » et Souad mime la scène, se tortillant entre les bancs de pierre, son visage déformé par une moue presque comique qui explique peut-être que les policiers aient eu du mal à y croire. « Ils n'ont rien voulu écouter. Ils m'ont emmenée au commissariat puis à la geôle. Comme ça sans rien, sans sac à main, sans téléphone, sans pouvoir prévenir personne ! » Elle secoue la tête, « Une injustice c'est vrai ! » m'assure-t-elle. Elle est restée une semaine à la geôle, c'était épouvantable. Presque trente entassées là-dedans tous les jours, avec trois fois rien à manger, le trou des toilettes qui déborde, les odeurs, les cafards et les rats. Et tous les jours des gardiens qui les traitent de putes, elles et d'autres, qui deviennent vite des parias à côté desquelles les autres détenues refusent de s'allonger. Elle n'a rien à voir avec elles pourtant. Rien de rien. Elle crache par terre entre ses jambes. Son cul à elle ne s'échange que pour le plaisir. Les hommes c'est elle qui les choisit. Toujours. On peut être une femme libre et digne, croit-elle m'enseigner bien que je n'en aie jamais douté. En revanche, j'ai de sérieux doutes sur son récit. Pour avoir déjà rencontré beaucoup d'autres victimes d'erreurs judiciaires (dont la Manouba semble être remplie), j'ai appris à ne pas prendre pour argent comptant leurs versions de l'histoire. Je devine en la regardant s'agiter qu'à défaut de la vérité, elle m'offre la répétition générale avant d'aller jouer du pipeau sur la scène du tribunal. Je décide de jouer le jeu sans l'interrompre, et quand elle m'explique que si on lui demande ce qu'elle faisait avec le type dans la chambre d'hôtel, elle dira qu'ils discutaient du mariage, je ris de bon cœur avec elle. Une fois son numéro terminé, je me risque tout de même à lui répondre – sans remettre ouvertement sa version en question – que quoi qu'elle ait dû faire pour s'en sortir dans la vie, cela ne ferait pas d'elle pour autant une femme indigne, sale, ou coupable. Interpellée par ma remarque Souad me demande de m'expliquer d'un sonore « Hé ! Qu'est-ce qu'elle me dit, elle ? » J'avance une autre pièce sur l'échiquier en lui disant qu'à mon avis, les femmes prostituées n'ont rien à faire en prison et que ce serait plutôt aux hommes qui les exploitent ou leur font du mal d'être punis. J'ai alors l'impression d'avoir lâché une bombe dans notre petit cachot. Souad s'est arrêtée la bouche ouverte et nos voisines, finalement pas si distraites que ça, ont suspendu dégustation de mégots et contemplation de mur pour m'écouter. Je poursuis en expliquant que si elle était elle-même une prostituée, admettons, hypothétiquement, ça ne ferait pas moins d'elle une innocente, de même que toutes les prostituées en prison. Un silence s'installe. La mangeuse de cendre déglutit à retardement. Après un temps de décantation, Souad frappe du poing dans sa paume, elle adore l'idée ! Puis elle se lance dans une diatribe en arabe auprès des deux autres détenues qui ont toujours les yeux écarquillés mais qui opinent à présent du chef. De temps à autre elle passe son bras autour de mes épaules, me tape sur la cuisse, frappe dans ses mains ou se lève pour lancer un slogan le poing levé. Mais alors que je voudrais poursuivre l'échange, nous sommes interrompues par le crissement des écrous. Un policier apparaît sur le seuil « la Française debout » m'ordonne-t-il. C'est à mon tour de me rendre au tribunal.

Avant de nous mettre en route le policier veut vérifier si je porte bien des sous-vêtements. Je dois lui montrer la bretelle de mon soutien-gorge pour qu'il me laisse tranquille. J'ai envie de lui cracher au visage mais à sa manière de me mettre les menottes, de m'appuyer sur la tête pour me forcer à me baisser et de m'empoigner brutalement par le bras pour avancer, je comprends que ça ne servirait à rien de lutter. Tandis que nous avançons vers la salle d'audience je fais le point sur la discussion du cachot et comprends que toutes les femmes avec qui j'ai pris le fourgon aujourd'hui sont jugées pour des faits de prostitution, d'où les marques de coups sur leurs visages. Considérées comme la lie de la prison les prostituées y sont les plus maltraitées, par les gardiennes comme par les détenues. Étant accusée d'atteinte aux bonnes mœurs, j'ai été ajoutée au lot des « mauvaises filles ». Le policier ne manque d'ailleurs pas de me le rappeler en replaçant d'autorité mon sefsari sur ma tête et en marmonnant des insultes entre ses dents. Je peux voir dans ses yeux tout le dégoût que je lui inspire. S'il savait à quel point c'est réciproque. J'ai une pensée émue et reconnaissante pour mes amies du pavillon D qui, en dépit de ces accusations, n'ont à aucun moment posé sur moi un regard infamant, ni ne m'ont fait subir de brimades. Mais je n'ai pas vraiment de temps pour le sentimentalisme puisque nous arrivons déjà à la salle d'audience.

Je suis placée debout face à mes trois juges, dos à une salle bondée et surchauffée vers laquelle j'ai l'interdiction formelle de me retourner. Un traducteur a été mis à ma disposition. Petit, gros et chauve, il ne me regarde pas dans les yeux et toutes les trente secondes il éponge avec un grand mouchoir les gouttes de sueur qui perlent sur son interminable front. La suite du procès se fait globalement sans moi, intégralement en arabe, en ne me donnant que rarement la parole. Le traducteur perd rapidement le fil puis oscille la bouche ouverte entre les avocats dans la salle et les juges sur l'estrade. Les débats sont houleux et le public s'enflamme. Quand les uns citent le Coran, d'autres invoquent l'esprit libertaire de la révolution du jasmin. Mon « cas » agite l'opinion. De temps à autre, le traducteur m'informe « là c'est l'avocat qui parle », ou « le juge lit un texte de loi », ou encore

« la parole au procureur », sans me traduire le contenu des échanges. Il a l'air passionné ceci dit. Comme un téléspectateur devant *Perry Mason*. Après une heure de discussion dans une chaleur d'enfer, pendant laquelle je dois me tenir raide comme un piquet face aux juges sans la possibilité de m'asseoir, je commence à chanceler. J'étouffe sous mon sefsari, prise en sandwich entre les corps moites du policier et du traducteur, et avec sur le dos le poids écrasant d'une salle électrisée d'où s'élèvent à intervalles réguliers des cris indignés, des protestations ou des applaudissements. Ce procès à l'air excitant, dommage que je n'y participe pas. Je voudrais me tourner vers la foule pour y trouver le visage réconfortant de mon avocate que j'ai aperçue au premier rang en entrant. Elle a serré le poing en me voyant pour me redonner confiance. Je sais qu'elle mène ses propres combats et sert ses propres intérêts à travers moi, mais c'est tant mieux. Qu'elle se batte pour ses convictions, sa gloire ou son pays, d'accord, pourvu qu'elle soit près de moi. À ce stade même le regard solidaire d'un inconnu serait une bouée opportune à laquelle m'accrocher. En nage sous mon sefsari, je tangue de plus en plus, mais dès que j'esquisse un mouvement pour chercher un siège derrière moi, la grosse main du policier me saisit en tenaille par le bras. Tant qu'à faire mon bonhomme attrape-moi pour de bon que je me repose un instant. J'ai la tête qui tourne et la bouche sèche, je rêve d'un grand verre d'eau. L'audience dure, s'éternise, si péniblement pour moi que je me dissocie. Je suis dans la cellule entourée de Fuite, Hafida, et Samira, nous buvons du Fanta orange en grignotant des glibettes. Je suis dans le cachot avec Souad et la mange-cendre, en train de fomenter la révolution féministe. Je suis dans la cour carrelée de la Manouba et je marche entre les rangées de linge encore frais, tout juste étendu. Mes oreilles bourdonnent, je m'évade plus loin encore. Je m'envole comme dans mes rêves, je plane au-dessus du tribunal, je quitte Tunis, je survole les champs de blé, les villes blanches et les palmeraies dont mes codétenues m'ont tant parlé, puis je traverse la Méditerranée et je rentre à la maison. C'est le printemps à Paris. Le soleil brille mais ce n'est pas encore les grosses chaleurs polluées de juillet. Il fait bon vivre et respirer. Je marche le long du canal Saint-Martin, les Parisiens sirotent des verres de rosé en terrasse. Je pousse plus loin, je traverse le quartier de Belleville avec ses devantures colorées, je fais une halte chez Chen pour des mochis glacés et un jus de litchi puis je remonte jusqu'à Pyrénées, et après un crochet au tabac de l'avenue Bolivar pour des cigarettes, j'arrive enfin aux buttes Chaumont, où je m'écroule dans l'herbe fraîche au milieu de la population joyeuse et bruyante des fins de journée. Une cigarette entre les lèvres, je déguste la ville. Je savoure les joggeurs qui pestent sur les promeneurs, les promeneurs qui pestent sur les cyclistes, les cyclistes qui pestent sur les chiens, et les chiens qui pissent contre les bancs. Je savoure les gens pressés, les pigeons boiteux, les klaxons des voitures, les petits vieux aigris, les fous qui parlent tout seuls et les ados qui rient trop fort. Je savoure Paris et sa vie qui déborde, jusqu'à en être repue, ivre de bonheur et de liberté. Deux coups de marteaux m'arrachent à mes rêveries. Le juge vient de sonner la fin de la séance. Un brouhaha envahit la salle. Chacun y va de son commentaire, qui donnant son avis sur la plaidoirie de l'avocat, qui se hasardant à un pronostic. Mon petit chauve quant à lui est déjà en train de plier bagage. Penché sur sa sacoche en cuir, il range son bloc-notes et son crayon et semble m'avoir complètement oubliée. Il n'a même pas pris la peine de me traduire le mot de la fin. Pour la première fois, je résiste à la main du gardien qui m'empoigne pour me faire sortir et interpelle le traducteur, je veux savoir ce qui s'est dit et à quoi je dois m'attendre. Le petit chauve m'annonce que le procureur a requis un an d'emprisonnement et que le juge délibérera en fin de journée. J'en serai informée ce soir à la Manouba. « Bonne chance Mademoiselle », me lâche-t-il l'air un peu désolé avant de m'assener une poignée de main huileuse qui finit de me donner la nausée. Je m'y attendais mais je suis abasourdie. À tel point que je réagis à peine quand je croise Souad qui fanfaronne dans le couloir. Elle se dirige vers la salle d'audience comme une catcheuse prête à en découdre. Elle semble gonflée à bloc, comme galvanisée par ma petite sortie féministe. Mais je suis trop décontenancée pour taper dans la main qu'elle me tend. Un an de prison, ça se confirme, et ça commence sincèrement à me faire peur. Si je me suis familiarisée avec mon nouvel environnement j'espérais quand même ne pas avoir à m'y enraciner pour de bon. Mon procès terminé je suis jetée dans le cachot sombre sans même avoir pu m'entretenir avec mon avocate. Après quelques minutes de sidération c'est une colère fougueuse et vulgaire qui m'envahit. Je n'ai été que spectatrice impuissante de l'audience, les débats ne m'ont pas été traduits, on m'a à peine donné la possibilité de m'exprimer et on voudrait me laisser croupir ici pour onze mois de plus ? C'est insensé ! Je me lève, je jure, j'arrache mon sefsari et le jette par terre, puis je balance un grand coup de pied dans la porte en bois. Mon gros orteil vient s'écraser violemment contre la paroi et la douleur m'arrache un cri auquel aucun policier ne prête attention. Vaincue, je m'effondre sur le banc en bois, les vêtements sens dessus dessous et les cheveux en bataille, le visage mouillé de sueur et de larmes, tandis que sur le bout de ma pantoufle apparaît lentement une petite tache de sang. La mangeuse de cendre se penche alors vers moi pour m'offrir une cigarette. La Cristal m'arrache la gorge et m'anesthésie un instant cerveau et orteil. C'est réconfortant. J'abandonne ma tête contre le mur et nous fumons en silence, la mangeuse de cendres et moi, jusqu'à ce qu'elle pose sa main sur ma cuisse et me dise « t'inquiète pas La voyante, t'as raison un jour c'est ton mac qui ira en prison ». Son soutien incongru me fait sécher mes pleurs, je ris et j'acquiesce. J'étais prisonnière parmi les prisonnières, me voilà maintenant prostituée parmi les prostituées. Je pourrais m'en défendre, lui dire qu'il y a méprise, expliquer la situation, mais je préfère accepter modestement sa marque de solidarité. Je n'aurais jamais pensé que la sororité puisse se nicher dans des endroits si improbables, et pourtant la voilà qui se manifeste, immense et pure, dans un cachot sombre empestant l'urine, épaule contre épaule avec une vieille prostituée édentée qui avale la cendre de ses cigarettes. Une bonne demi-heure plus tard Souad fait son grand retour, et elle est surexcitée. On dirait un candidat à la présidentielle sous coke à la sortie d'un meeting. Elle seule entend la foule scander son nom mais peu importe, elle en est sûre, elle a fait un carton ! J'aurais dû voir ça m'assure-t-elle, quand elle a pris la parole, ces chiens de juges, elle les a mis sur le cul. Après sa « plaidoirie », ils n'ont plus rien trouvé à dire *walou* ! Un clou dans le bec elle leur a mis. Alors d'accord, son procès a été ajourné et le juge lui a collé un rappel à la loi pour provocation, mais ça en valait la peine. La tête qu'ils ont fait quand elle leur a dit les yeux dans les yeux que c'étaient eux les oppresseurs, eux qu'on devrait mettre en prison. À se taper le cul par terre. Le kif qu'elle s'est payé. Et de me remercier, et de me secouer par les épaules, et de m'embrasser sur le front, tandis que les yeux ronds et la bouche ouverte, je ne sais trop comment accueillir la nouvelle de son coup d'éclat. Ils peuvent faire ce qu'ils veulent à présent, les points sur les i c'est elle qui les a mis, la vérité c'est elle qui l'a dite, haut et fort, et il y avait des journalistes dans la salle ! « Le grand grand kif », répète-t-elle en boucle. La reine de Saba vient de piétiner les mauvais djinns de ses sabots, et elle le fait savoir. Sa dignité rachetée, son nom racheté, ses cinq mois passés à la Manouba rachetés, pour ce seul moment de joie. Voilà ce qu'elle en fait de leur petit procès, de leur petit tribunal, de leur petite justice, elle reprend le pouvoir. *Sheh !* Gare à la grande Souad, qui entame à présent une danse du ventre endiablée, faisant encore monter la température d'un ou deux degrés dans l'étuve enfumée de notre placard à balais. Son quart d'heure de gloire a le mérite d'égayer cette difficile journée.

De retour dans le fourgon en milieu d'après-midi, après plus de huit heures passées dans l'étroit cachot du tribunal, on aurait presque une impression d'espace, et Souad assure l'ambiance au point de nous faire oublier notre envie de vomir. Après m'avoir officiellement présentée auprès du conseil des prostituées de la Manouba fraîchement nommé, elle raconte son histoire avec force détails, circonvolutions, et ajouts bigarrés. Tout y est, la fumée qui sort des oreilles du procureur, le public qui s'étrangle, le juge qui casse son marteau à force de le cogner sur sa table, elle qui sort comme une reine, le menton haut et le sefsari sur les épaules, leur honneur de femmes aujourd'hui lavé. Et toutes de reprendre en chœur sa nouvelle maxime : « Les oppresseurs en prison, les femmes dans la rue ! » Jamais prostituées n'auront fait de retour plus triomphal de leur procès que les douze femmes qui sortent du fourgon ce jour-là. « *Alhuriya*[1] pour les prostituées, *alhuriya* pour les femmes ! », scandent-elles à tue-tête entraînées par une Souad survoltée, se découvrant avec délice la fibre militante. Ni les cris du chauffeur, ni les fouilles au corps brutales des gardiennes agacées par leur arrogance n'ont raison de leurs poings levés. Il semblerait que j'aie, sans le vouloir, transformé Souad en syndicaliste de l'union des femmes exploitées. Nous nous serrons chaleureusement la main avant de rejoindre nos pavillons respectifs. Je ne sais si je la reverrai un jour mais je sais en revanche que je n'oublierai pas de sitôt la flamboyante et explosive Souad, libre de ses choix, fière de son corps et forte de ses espoirs.

De retour dans ma cellule, je ne sais par où commencer pour raconter cette incroyable journée à mes camarades qui m'accueillent pleines de questions. Elles voudraient que je raconte mon procès, les plaidoiries du procureur et des avocats, les journalistes dans la salle, mais je n'ai que Souad et les prostituées en tête. Leurs cris résonnent encore à mes oreilles, j'ai envie de scander « *Alhuriya* pour les prostituées, *alhuriya* pour les femmes ! » Qui plus est je n'ai pas grand-chose à raconter de mon propre procès pour n'en avoir pas compris les trois quarts. Je ne peux que les informer de la menace confirmée des douze mois de prison. Elles tentent de me rassurer, ils ont dit ça pour me faire peur, demain je serai dehors, il ne faut pas que je m'inquiète, mais je n'y crois plus. Aucune gardienne ne vient me trouver comme prévu en fin de journée pour me donner le verdict. Je suis attablée aux côtés de Fuite pendant le journal télévisé quand Chafia, du haut de son lit, m'annonce la nouvelle de ses doigts de mime Marceau. Le

1. Liberté.

présentateur du journal vient de mettre fin au suspense. Je suis condamnée à quatre mois de prison. C'est moins que ce que je craignais il y a quelques heures, mais tellement plus que ce que j'imaginais au départ. J'accueille la nouvelle sans broncher. Elles sont nombreuses ici à avoir été punies bien plus durement, je n'ai pas le droit de m'épancher, je dois rester digne et solide. Mais pourtant au fond de moi c'est comme un échafaudage qui dégringole. Quatre mois, seize semaines, cent vingt jours, et combien de longues heures à tuer, combien de pointages, combien de fouilles à nu, combien de brimades encore ? Sans rien laisser paraître de mon désarroi, je déglutis péniblement ma bouchée de semoule, qui ce soir a le goût amer de cendre chaude.

La nuit suivante je suis terrassée par la fièvre. Une fièvre foudroyante comme j'en ai rarement connue. Je suis en bonne santé quand je me couche (autant qu'on puisse l'être ici) mais je me réveille au milieu de la nuit en sueur et clouée à ma couchette, incapable d'en décoller les épaules. Les vêtements trempés et mourant de soif, j'essaye d'appeler à l'aide mais ne sortent de ma bouche que des vagissements de somnambule. À demi éveillée et délirante, je suis prisonnière d'un cauchemar qui m'empêche de crier et je demeure incapable de me redresser comme si le diable de la paralysie du sommeil s'était assis sur ma poitrine. Mon corps s'enfonce dans mon matelas qui me fait l'effet de sables mouvants, m'empêchant de m'en extirper. J'essaye de rouler sur le côté pour me glisser en bas de ma couchette, me traîner jusqu'au lavabo, et arroser mon visage d'une grande giclée d'eau fraîche pour sortir de ma torpeur, mais quand j'arrive, au prix d'efforts incommensurables, à enfin décoller une épaule, elle retombe presque aussitôt sur le matelas, engluée encore plus profondément dans la boue. Dans la cellule le silence est complet, toutes mes codétenues se sont endormies. Je n'entends que les pales du ventilateur qui s'excitent comme celles d'une éolienne. Leur roulement est assourdissant, s'accélère, devient fou. Une pale va finir par se décrocher et par me scalper d'un coup sec. Je sens déjà les gouttes de sang couler sur mon front, le long de mes tempes, derrière mes oreilles. À moins que ce ne soient des gouttes de sueur. Leur chatouille est insupportable. Je voudrais porter mes mains à mes oreilles pour les chasser, mais mes bras restent irrémédiablement figés le long de mon corps. Ils sont lourds, si lourds qu'ils s'enfoncent dans le lit, tout comme mes jambes qui bientôt le transperceront pour venir pendre lamentablement, comme celles d'un pantin, au-dessus de Fuite endormie. Mes vêtements m'étouffent, je voudrais tirer dessus, me déshabiller, m'arracher la peau, plonger mes doigts dans mon sternum et écarter mes côtes, pour que mes poumons trouvent enfin de l'air et de la fraîcheur. Je brûle de l'intérieur. Ma peau ébouillantée semble se décoller de ma chair. Mes organes en auto-combustion sont sur le point d'imploser. J'essaye de hurler, je pousse sur mes cordes vocales comme un nouveau-né cherche son premier cri. Mais rien ne sort. Pourtant dans ma tête, je hurle. J'appelle ma mère de toute mon âme. Elle est là, assise de l'autre côté d'un grand brasier, elle me sourit gentiment, me tend la main. Je veux la rejoindre mais les braises dévorent la plante de mes pieds. Les flammes lapent mon visage qui se met à fondre lentement, comme de la cire. Les coins de ma bouche s'affaissent, mes yeux tombent comme ceux d'un basset, les lobes de mes oreilles atteignent mes épaules, et mon front en fondant recouvre mes yeux. Je suis défigurée. Comment pourrait-elle m'aimer à présent ? En plein délire, me débattant dans les flammes de l'enfer, je crois entendre sa voix qui m'appelle doucement mais c'est Chafia l'insomniaque qui essaye de me faire revenir à moi. Quelques minutes plus tard je sens des mains incandescentes m'attraper par les aisselles et par les chevilles. Leur brûlure me transperce. Dans mon demi-sommeil enfiévré, je suis hantée par des créatures épouvantables et difformes, hybrides de gardiennes, de juges et de directrice. Je suis nue, accroupie au milieu d'elles qui me forcent à tousser. Un air de biniou, répétitif et entêtant résonne entre les quatre murs en ciment de la salle de fouille. Les gardiennes m'écartèlent, la directrice me tire par les cheveux et le juge m'assène des coups de marteaux dans le dos pour me faire tousser plus fort. Chaque choc fait jaillir du sang d'entre mes cuisses qui éclabousse mes pantoufles, bientôt recouvertes d'une myriade de petites auréoles rouges, tel un champ de coquelicots. Mes bourreaux rient de moi à s'en étouffer, se roulent par terre, tapent des pieds et des poings contre le sol, tandis que je zigzague à quatre pattes entre les masses informes de leurs corps à la recherche de vêtements pour me rhabiller. Je quitte la salle de fouille et déambule dans cette position dans les couloirs de la prison. Je pleure, je crie, j'appelle à l'aide, mais personne ne me répond. Je délire ainsi pendant des heures, avant de finalement sombrer dans un sommeil profond, comme un coma.

Quand je reprends connaissance, il fait jour dans la cellule. On m'a portée pendant la nuit et installée dans la couchette de Fuite. On a aussi changé mes vêtements. J'ai été soignée et veillée par une femme que je découvre assise sur un seau à côté de moi et dont je ne reconnais pas tout de suite les traits dans le clair-obscur du petit matin. Quand elle remarque que je suis réveillée, elle se penche au-dessus de moi et son visage m'apparaît. C'est la vieille Boutheina. « *Salam aleikoum* Bolona », me murmure-t-elle en souriant. Elle m'attrape délicatement un bras, le frotte avec un linge mouillé, puis l'autre, puis mon cou, puis mon visage. Je m'abandonne complètement à cette caresse froide qui vient apaiser la brûlure de la nuit. Je suis de toute façon trop épuisée pour m'y dérober. Je me soumets à ses mains de guérisseuse. Je comprends que c'est elle, sa magie, son savoir-faire, sa tendresse aussi, qui m'ont délivrée des flammes de la fièvre. Je me laisse faire comme une poupée de chiffon, tandis qu'elle lave mon corps des dernières traces de la maladie. La fièvre est repartie aussi subitement qu'elle était venue. Je ne souffre plus mais je suis vidée de toute énergie, incapable de bouger ni parler. La vieille Boutheina consacre ainsi toute sa matinée à me ramener à la vie. Elle n'est pas allée travailler en cuisine ce matin pour pouvoir rester à mes côtés. Après m'avoir rincé les bras et le visage, elle me redresse, réarrange mes vêtements et mes draps, me nourrit par petites becquées, comme je l'avais vu faire pour Hafida, d'une bouillie délicieusement sucrée faite de semoule, de lait, de dattes et de fleur d'oranger, et m'abreuve d'une décoction amère dont j'ignore la composition. Puis elle m'aide à me lever pour me conduire jusqu'aux toilettes, m'attend derrière la porte, me soutient jusqu'au lavabo, et me recouche, avec mille précautions. Je l'entends marmonner des prières entre ses lèvres tandis qu'elle accompagne chacun de mes efforts. Je me laisse bercer par leur mélodie. Elle reste ainsi à mes côtés jusqu'à ce que je me rendorme vers la mi-journée. Quand je me réveille après avoir dormi d'un sommeil de plomb sans rêves pendant de longues heures, la nuit est retombée. Le feuilleton est terminé et toutes mes codétenues sont couchées. J'ai dormi toute la journée. Le mal a complètement disparu, j'ai retrouvé mes forces et j'ai de nouveau envie de marcher, lire, manger, jouer aux dominos, sortir à la promenade, papillonner d'un lit superposé à l'autre pour bavarder avec mes camarades. Mais toutes, même Chafia, sont profondément endormies. L'horloge indique 3 heures du matin. Résignée, je me recouche et me tourne vers le lit de Boutheina. Elle a laissé son rideau entrouvert et sa tête repose contre un oreiller au bord de son lit, le visage orienté dans ma direction. Le ronflement de Fuite fait doucement vibrer notre lit, la Cabrane gémit dans son sommeil, Chafia serre son Coran dans ses bras, les pales du ventilateur ont retrouvé leur cadence, et quelques cafards se promènent gaiement sur les lits. Tout est revenu à la normale. J'ignore quel mal a bien pu si violemment me terrasser. Ai-je attrapé un virus dans la geôle ? Avalé un parasite dans la journée ? Ou une couleuvre au dîner ? La nouvelle de ma condamnation m'a peut-être frappée plus durement que je ne le pensais. Ce dont je suis certaine en revanche, c'est que je viens de me faire une nouvelle alliée. Boutheina m'a entendue l'appeler dans mon délire et est venue jusqu'à moi. Tout est revenu à la normale et pourtant, je le sens, plus rien ne sera comme avant.

De fait, je vis les jours qui suivent une véritable love story. Avec une meurtrière de quatre-vingts ans. J'ai l'impression étrange qu'au cours de la nuit qu'elle a passée à mon chevet la vieille chamane a pénétré mon cerveau et moi le sien. Comme si nous nous étions rejointes dans une dimension parallèle. Ma fièvre a fait fondre la rivière de glace qui nous séparait. Dès le lendemain au réveil elle m'adresse un premier clin d'œil, signe qu'elle est contente de me voir sur pied et que je peux à présent lui parler sans crainte. À son retour du travail, alors qu'elle sort de la douche, je lui adresse un usuel « *saha* douche » qui l'amuse beaucoup et auquel elle répond d'un ton enjoué. Fuite qui assiste à la scène s'en étonne « on dirait que tu entres dans la cour des grandes Bolona ! » Pendant le comptage du soir, *zouz zouz* en rang par deux, je me glisse volontairement à côté d'elle, et tandis que nous regagnons la cellule, elle me propose de partager un verre de Fanta orange, ce qui ici scelle les amitiés. Ravie, je m'installe à ses côtés, nous trinquons, nous buvons, nous actons. Puis elle se lance dans une tirade en arabe à laquelle je ne comprends pas un mot. Je l'écoute attentivement, yeux dans les yeux, tout le temps que ça dure, et acquiesce quand elle a terminé. Satisfaite, elle me tape deux fois sur la joue et me ressert un verre de Fanta. Elle me garde à ses côtés tout le reste de la soirée. Elle insiste pour que nous regardions ensemble le feuilleton du soir, assises sur des seaux retournés, épaule contre épaule, les dos calés contre le bord de son matelas. Régulièrement, elle se tourne vers moi pour commenter les stratagèmes du sultan ou les disputes de ses concubines. Elle remplit mon verre dès qu'il se vide, me nourrit de gâteaux secs et de carreaux de chocolat, glisse un coussin derrière mon dos pour que je sois plus à l'aise. Tout à coup je ne suis plus à la Manouba, je suis projetée dans le salon de ma grand-mère, un vendredi soir, devant Thalassa. À la fin du feuilleton, en guise de bonne nuit, elle me tend sa main de Reine pour que je l'embrasse et la presse contre mon front, puis elle prononce en chuchotant une des bénédictions mystérieuses dont elle a le secret. Après lui avoir souhaité à mon tour une « *tesbah ala khir* », je grimpe sur ma couchette, et m'endors sur le flanc gauche, tournée dans sa direction. Dès lors chaque soir, le même rituel se met en place. Après avoir dîné chacune de notre côté, nous nous retrouvons sur nos seaux retournés pour partager la soirée, qui commence irrémédiablement par un verre de Fanta et un morceau de chocolat. Je profite du laps de temps que nous avons avant le début du feuilleton pour apprendre à la connaître. Nous parlons, elle en arabe, moi en français, sans que cela ne nous empêche de nous comprendre. Nous mettons au point au fil des jours un genre d'espéranto franco-arabe très efficace. Pour les conversations plus poussées, Aziza, qui partage le lit superposé de Boutheina, nous vient en aide. Souvent nous restons silencieuses, simplement heureuses d'être ensemble, elle égrenant son chapelet islamique, moi restant assise à ses côtés comme un petit chien fidèle, qu'elle bourre régulièrement de dattes ou de biscuits. Mais parfois Boutheina a envie de parler. Alors je l'écoute. Je me tais. Je prends sa main, elle se laisse faire, et je la masse pendant qu'elle parle. Sa main est lourde. Ses doigts sont longs et épais. C'est un large réceptacle, dans lequel je voudrais déposer mon front, ma joue, mes yeux fermés, mon nez écrasé, mon visage tout entier, mes larmes secrètes et mes cris de colère, comme dans un oreiller. Tandis qu'elle parle, je parcours ses lignes du bout des doigts comme on suivrait le fil dans un livre. Elle me raconte sa vie dans l'ordre, sans prendre de chemin de traverse. Son histoire est longue et exige de la patience à qui veut l'entendre, me prévient-elle dès le début. Mais moi j'ai tout mon temps pour elle à présent.

Ce qui lui manque le plus ici c'est le vent sur sa peau. Avant d'être enfermée c'est simple, c'est comme si elle avait vécu dehors tout le temps. D'ailleurs elle avait bien failli naître dans un champ. Il avait fallu trois hommes pour porter sa mère jusqu'à la maison. Elle était née *in extremis*, sa mère à peine déposée sur la table de la salle à manger. Si on l'avait laissé faire, ce bébé aurait atterri directement dans l'herbe sèche, sous le museau des bêtes, s'amusait-on à dire dans sa famille. Elle en avait gardé un goût prononcé pour le grand air. Elle descendait d'une longue lignée de paysans et, d'aussi loin qu'elle s'en souvienne, ses ancêtres avaient toujours vécu dehors. Du côté de sa mère, des générations de bergers avaient parcouru les collines de l'Atlas avec leurs troupeaux de moutons. Du côté de son père, des générations de fermiers s'étaient esquinté les genoux et les mains dans la terre. Un quart du village où elle vivait était composé de membres de sa famille. Frères, cousins, oncles, beaux-parents, tous vivaient les uns près des autres et tous travaillaient ensemble aux champs depuis des décennies. C'était une vie de labeur, sans opulence, avec juste ce qu'il fallait à leur bonheur. Des maisons simples mais propres, des terres arides mais qui se montraient généreuses avec qui savait y faire. Il y avait des saisons plus rudes que d'autres mais globalement on mangeait toujours à sa faim. L'industrialisation massive des années trente avait permis aux propriétaires agricoles d'intensifier les cultures et de produire à plus grande échelle, assurant du travail à tous les hommes et même à certaines femmes de sa famille. Principalement à la culture des céréales, blé dur et orge, qui poussaient facilement dans les plaines. Il y avait aussi des oliveraies sur les terres abruptes des collines, dont les fruits, pressés et embouteillés sur place produisaient des huiles d'une pureté incroyable, parmi les plus réputées du pays. Dans les zones les plus chaudes, ensoleillées et abritées du vent, on trouvait aussi des orangeraies. La terre sableuse et bien drainée de ce petit coin de paradis donnait des fruits lourds et juteux qui faisaient le bonheur des vendeurs ambulants d'El Kef, la ville la plus proche. La salive lui vient à la bouche rien qu'en évoquant les fruits sucrés de son pays. Il arrive que ses enfants lui en apportent au parloir. Ils ne peuvent pas faire le déplacement aussi souvent que Boutheina le voudrait mais elle ne le leur reproche plus. Le trajet est long, et ses enfants ont leur vie à présent. Elle se satisfait de pouvoir les voir une fois tous les deux mois. Et s'ils amènent des oranges c'est encore mieux. C'est la seule richesse qu'elle ne partage pas, mais pour moi elle fera une exception. Elle parie que ce seront les meilleures que j'aie jamais goûtées ! Boutheina a travaillé pendant près de trente ans comme ouvrière agricole. Elle est fière de ce passé de paysanne. Fière des oranges, des olives et du blé doré de son pays. Elle s'enorgueillit d'avoir vécu au grand air et de savoir faire des choses de ses mains, pas comme les bourgeoises de la ville qui restent à la maison toute la journée et dînent au restaurant, sans rien connaître de ce qui pousse sous leurs pieds ou de ce qui se trame au-dessus de leur tête. Elle sait elle, biner la terre, bouturer les plants, prédire la météo, cueillir et presser les fruits, manier une charrue, reconnaître les oiseaux et les plantes. Elle a toujours mené de front sa vie d'épouse et sa vie de travailleuse, faisant tenir deux journées en une sans jamais se plaindre. Elle avait cinquante ans quand elle est entrée ici et en paraissait facilement dix de plus à force de labeur et de soleil, me confie-t-elle avec fierté. Depuis, pour elle le temps s'est arrêté. À croire que le destin l'a mise au repos forcé. Son quota de travail, de soleil et d'oxygène trop vite atteint, la trappe s'est refermée sur elle, comme un cercueil. Je n'ai pas de mal à l'imaginer dans cette autre vie. Je la vois à quinze ans, en Manon des sources, courant pieds nus dans les collines, au milieu des moutons. Je la vois à trente ans, un bébé sur la hanche, remplissant des paniers de fruits sous les branches lourdes d'un olivier. Je la vois à quarante ans, un foulard noué sur la tête, défrichant à la pioche la terre rocailleuse d'un champ. Mais à cinquante ans je ne la vois plus. Son panier, ses outils et ses sabots sont abandonnés sur une marche, la poussière recouvre les meubles de son salon, dans les tiroirs les mites ont troué ses vêtements. Sa vie a basculé. À la regarder traverser la cellule au retour de sa journée en cuisine on voit tout de suite qu'elle n'est pas à sa place. Tout est trop exigu ici pour elle. Elle n'a pas l'espace pour se déployer. Le plafond est trop bas et l'empêche de se redresser, les fenêtres sont trop étroites et l'empêchent de respirer, les murs sont trop proches et l'empêchent de s'étirer. Plus que quiconque ici Boutheina appartient au dehors. La tenir enfermée est contre-nature. Elle se balance en égrenant son chapelet comme un éléphant fou dans son enclos. Ni l'haleine chaude du ventilateur ni le carré de ciel de la cour de promenade ne font illusion, il faut qu'on la relâche avant qu'elle meure. Elle semble d'ailleurs ne s'être jamais séparée de ses atours de belle des champs. Son look détonne au milieu des sempiternels pyjamas-claquettes de la prison, et son charme bohème est indéniable. Fichus colorés autour de la tête, longues chemises vaporeuses, pantalons amples et chaussettes dans les crocs (qui ici ont remplacé les sabots), lui donnent une allure extraordinaire, digne d'une fashionista parisienne ou d'une hipster de magazine. Surtout, Boutheina est très belle. C'est une gravure. On la croirait sortie tout droit d'un livre de photographies. Ses yeux d'un vert azur pénétrant fendent son visage en deux amandes parfaitement symétriques et régulières. Elle n'a jamais perdu le teint de miel de ses collines et les rides qui sillonnent sa peau tannée explosent comme des rayons de soleil au coin de ses yeux. Ses traits fins, ses pommettes hautes, l'arête parfaite de son nez lui donnent des airs de vedette de cinéma. Ne manquent que les lunettes de soleil et la décapotable. Ses mains, puissantes et douces comme des galets polis par la rivière, se promènent gracieusement dans les airs quand elle parle. Je n'ai jamais vu son corps, elle est très secrète, mais je le devine robuste sous ses vêtements. Des épaules larges, des jambes solides et des chairs encore pleines, sur lesquelles se dessine toute l'histoire de sa vie. Ici les marques des sabots sur ses pieds, ici les crevasses des outils sur ses mains, ici la corne d'un bouc mal luné, ici la brûlure d'un poêle en hiver, ici la tache de soleil d'un été caniculaire, et là tout autour de son nombril, éclatant comme la pulpe des oranges, les cicatrices de ses grossesses, sur lesquelles elle pose la main le soir avant de s'endormir comme sur un grigri. Je peux la regarder pendant des heures, la troublante, envoûtante, dangereuse Boutheina. Quand je regagne ma couchette le soir, je ne me lasse pas de la contempler. Parfois, sans s'en rendre compte, Aziza et elle prennent la même position dans leur lit superposé et c'est très beau à regarder. Elles sont allongées lascivement sur le côté, la tête posée dans le creux de leur bras gauche dont la main relâchée pend dans le vide. Leur bras droit vient épouser comme un serpent la courbe de leurs hanches et leurs jambes sont repliées en chien de fusil au milieu de tissus de toutes les couleurs. Chinoises au bar d'opium, baigneuses de bord de mer, déesses romaines au dîner, princesses andalouses dans les jardins, elles s'abandonnent. Je voudrais pouvoir les prendre en photo. Elles se ressemblent dans leurs beautés bien que trente années les séparent. Aziza doit avoir l'âge de Boutheina quand elle est entrée à la Manouba. Boutheina, elle, n'a plus d'âge depuis longtemps.

Ce n'est qu'au bout de plusieurs jours, après avoir remonté tout le fil de sa vie, que Boutheina s'ouvre à moi sur ce qui l'a conduite ici. Elle commence bien sûr par se jurer innocente et veut s'assurer que la chose est bien prise pour acquise avant de poursuivre. Elle n'a pas tué cette femme, elle n'a tué personne, d'ailleurs elle n'aime pas ça, tuer. Même en cuisine, elle a toujours rechigné à cette corvée. Elle n'est pas une tueuse. Elle est une bonne musulmane, une bonne travailleuse et une bonne mère. Elle fait la prière cinq fois par jour, porte le hijab, travaille dur et embrasse les photos de ses enfants et petits-enfants tous les soirs avant de dormir. Une honnête femme comme elle, ça ne tue pas. Ou par accident à la rigueur. Mais certainement pas de sang-froid, avec préméditation, comme ils l'ont dit au tribunal. J'ignore quelles sont les parts de vérité et de mensonge dans ce qu'elle raconte, Boutheina est une vieille prisonnière, un peu menteuse comme toutes les petites vieilles, un peu menteuse comme toutes les prisonnières. Mais j'opine de la tête, bien sûr oui je la crois, réprimant le frisson qui me saisit malgré moi à chaque fois que l'une d'entre elles me parle de meurtre, et je prends sa main entre les miennes pour lui assurer de mon soutien. Je ne suis pas la police, je ne suis pas la justice, je ne suis pas l'opinion. Je suis une détenue comme elle, le cul posé sur un seau, pas plus haut que le sien. Si elle a mis un mouchoir sur sa morale pour me donner son amitié en dépit du délit dont je suis accusée, je ferai de même. J'accueillerai l'histoire telle quelle, je rirai quand elle rira, me mettrai en colère si elle le veut, mouillerai mes yeux dans les siens quand le ton sera triste. Je maintiendrai ce statu quo de non-jugement, quoi qu'elle me dise, quoi qu'elle ait fait. Pourtant l'histoire a de quoi faire écarquiller les yeux. J'ai entendu nombre d'explications à l'hécatombe d'erreurs judiciaires dont semble être frappée la Manouba, la fatalité, le délit de faciès, le coup monté, l'incompétence d'un policier ou d'un juge, le bête accident, le machisme, le racisme, le mépris de classe ou l'abus de pouvoir, justifications qui me paraissaient tout à fait plausibles, mais on ne m'avait encore jamais sorti la carte de la magie noire.

Tout était parti d'un banal conflit de voisinage. Même pas initié par elle d'ailleurs, puisque, comme elle me l'a dit, elle a l'âme pieuse et charitable. Si cette voisine avait demandé comme il se doit la permission de traverser son terrain, avec politesse, en y mettant les formes, tout en prenant des nouvelles de sa famille, avec peut-être une assiette de pâtisseries en signe de sa reconnaissance, pourquoi pas, ça se faisait, elle aurait sincèrement considéré la question. Au lieu de ça, cette femme avait profité de ce qu'elle avait le dos tourné pour couper à travers sa propriété, sous prétexte d'une jambe boiteuse qui l'empêchait d'emprunter le chemin public, certes plus long de cinq cents mètres, mais ouvert à tous. Son âme charitable de bonne musulmane lui permettait tout à fait de comprendre qu'une boiteuse ait besoin d'emprunter un raccourci, mais encore faudrait-il qu'elle le soit vraiment. Car elle ne boitait pas le soir après la tombée de la nuit, pour aller faire la commère avec sa belle-sœur de l'autre côté de la rue. Elle ne boitait pas non plus le premier samedi de chaque mois pour aller à El Kef dépenser tout l'argent de son ménage en tissus et fanfreluches dans lesquelles elle se pavanait avec bien peu de modestie à longueur de journée. Toujours un foulard différent, des épingles brillantes, des bas neufs à brandir sous le nez des honnêtes travailleuses, qui ne dépensaient jamais sans compter et mettaient le peu qu'il leur restait de côté pour leurs enfants, plutôt que de le jeter par les fenêtres. Mais soit, admettons. Elle n'était pas docteur. D'ailleurs, estropiée ou non elle l'aurait laissée passer si elle en avait demandé la permission, avec une assiette de pâtisseries, comme il se doit. D'autant qu'elle en avait les moyens vu ce qu'elle dépensait au souk. Son terrain n'était pas sacré, ça n'était pas La Mecque, mais il était SA propriété. Elle l'entretenait avec soin. Jamais de saletés à traîner partout, un potager qui donnait bien, un bel olivier au milieu de la cour, des poules en liberté, trois moutons, un âne, du temps et du cœur pour s'occuper de tout ça, en plus de journées déjà bien remplies. C'était son chez-elle. Ce lopin rocailleux avait été acquis par son beau-père il y a plusieurs décennies, quand le grand Bourguiba avait cédé des terres de la région jugées incultivables aux paysans assez fous pour vouloir y faire pousser quelque chose. Son mari en avait hérité à la mort de son père, et le lui avait légué à la sienne. Emporté à soixante ans par la grippe le pauvre, paix à son âme. N'ayant ni fils ni frère à qui céder le bien, c'est à sa femme qu'il était revenu. Pour la toute première fois de sa vie, Boutheina, à qui l'on n'avait même jamais laissé l'usufruit de son propre salaire, avait possédé quelque chose. Quatre murs en chaux croulants, un toit de tôle troué et un arpent de terre caillouteux, mais à elle. Il lui était revenu avec des papiers officiels, oui Madame. Écrits noir sur blanc, avec des chiffres, des tampons et des signatures. Hélas par un grand malheur ils avaient été perdus dans un incendie, mais elle pouvait bien aller à la préfecture d'El Kef pour vérifier si elle ne la croyait pas. Cette dinde n'avait pas le cran. Elle préférait pérorer ses mensonges dans tout le quartier. Et que ce terrain appartenait à tous, et qu'elle avait le droit de le traverser à sa guise, et qu'elle pouvait s'y asseoir pour boire le thé même si ça la chantait. Devant ces affronts répétés, Boutheina avait fini par perdre le contrôle de la situation. Des regards en chiens de faïence des débuts, on était passé aux insultes, puis aux coups bas. D'elle-même jamais, sur le Coran et sur Allah, jamais elle n'aurait pensé à de telles choses auparavant, colporter des ragots, éclabousser son linge qui séchait, jeter des ordures par-dessus le mur et des cailloux quand elle passait. Mais quand on est poussé à bout de la sorte, on est obligé de se défendre. Là-dessus Boutheina attrape son chapelet et recommence à l'égrener. Je la sens nerveuse, comme si elle commençait à s'embrouiller sur sa version, ou comme si elle était de nouveau envahie par le sentiment de colère qui avait provoqué son geste fatal. Ce monstre de femme ne la lâchait pas et lui faisait vivre un enfer au quotidien. Multipliant les allers-retours sous son nez, parfois même se cachant dans un buisson pour l'épier. Des provocations. Bien sûr maintenant elle en avait conscience.

Ce *sheitan*[1] de femme avait cherché tout ce qui était arrivé. Elle avait décidé, ouvragé et provoqué sa perte. C'est elle qui l'avait envoyée volontairement en prison à force de stratagème, elle qui avait détruit sa vie. Après avoir retourné la question en tous sens elle avait fini par comprendre : sa voisine avait fait de la magie noire. Elle ne voyait que ça. Elle lui avait jeté un mauvais sort. Et son sortilège s'était retourné contre elle. Quelqu'un avait perdu la vie c'était triste, mais qui l'avait bien cherché. Elle ne pouvait pas dire qu'elle en était désolée.

Ce jour-là, il faisait très chaud et, de retour de l'orangeraie dans laquelle elle travaillait à cette période, Boutheina s'était installée à l'ombre de son olivier au milieu de la cour pour se reposer, comme elle le faisait souvent avant d'aller préparer le dîner. Elle pouvait ainsi par la même occasion surveiller le terrain une heure par jour, au cas où l'autre se pointerait. Je l'imagine sur sa chaise plantée au milieu du jardin comme un épouvantail, attendant patiemment que l'autre arrive. La voisine avait fini par montrer le bout de son nez, au moment où Boutheina s'apprêtait à partir. La dispute avait aussitôt éclaté. Elle avait tonné dans l'arrière-cour avec la colère déchaînée d'un orage en été. À mesure que les noms d'oiseaux et les menaces fusaient, les deux voisines s'étaient dangereusement rapprochées, jusqu'à se retrouver presque museau contre museau, comme deux buffles au combat. Le ciel de plus en plus lourd était prêt à se fendre. La foudre allait tomber d'un instant à l'autre. Les moucherons attaquaient nerveusement leurs visages comme s'ils voulaient se joindre au combat. Les poules couraient en tous sens, commentant en caquetant le match en cours. Les moutons apeurés avaient filé à l'autre bout de la cour, pour se planquer derrière un buisson de ronces. Le vieux coq complètement déboussolé avait poussé son cri à six heures de l'après-midi, comme pour mettre fin à toute cette pagaille. Mais finalement, contre toute attente, c'est l'âne, d'ordinaire placide qui avait ramené le silence dans la cour et remporté le match par K.-O. En une ruade inexpliquée

1. Démon.

il avait foncé sur les deux femmes, les renversant en un strike. La boiteuse ne s'en était pas relevée. Elle était tombée à plat ventre la tête dans la poussière et les cailloux. Le sang s'était mis à couler lentement dans la terre sèche, formant une auréole brunâtre autour de sa tête. Elle n'avait plus bougé. Elle n'avait plus jamais bougé. On l'avait retrouvée comme ça, le nez dans la terre, les vêtements à peine froissés. Il n'y avait pas de signes de lutte hormis une unique plaie sur la tempe. Elle semblait avoir été sonnée d'un coup. Bien sûr les ânes n'attaquaient pas comme ça Boutheina le savait, mais elle avait l'explication : on avait envoûté sa bête par la magie noire. C'était elle qui était initialement visée par la ruade, l'autre ne s'était simplement pas reculée à temps et sa tête avait heurté une pierre en tombant. Son plan machiavélique s'était retourné contre elle, retour à l'envoyeur, c'est tout. Quelqu'un était mort, bon, c'était bien dommage, mais Boutheina ne pouvait pas dire qu'elle était désolée non vraiment, justice avait été faite. Par l'âne lui-même, sujet non consentant d'un funeste maléfice. Dans l'ardeur du récit, la vieille prisonnière tout à coup revigorée semble revivre la scène. Elle se lève et la mime, s'en amuse même, malicieuse, dangereuse Boutheina. Elle se recule, fait le dos rond et avance vers moi en boitant. C'est la petite voisine, toute petite, qui approche. Puis elle change de position, baisse le menton, place ses mains de chaque côté de sa tête pour faire des grandes oreilles, c'est l'âne qui se prépare. Elle frotte du sabot par terre, puis fait mine de s'élancer, et *paf*, frappe du poing dans sa paume. Je sursaute. Elle revient ensuite à sa posture de musulmane pieuse, cible manquée d'un maraboutage et réelle victime de l'histoire. Elle secoue la tête de gauche à droite, la prend dans ses mains, et entame une sérénade en arabe sur un ton plaintif. Ce grand malheur qui s'est abattu sur sa famille, cet animal maudit, elle maudite aussi, ses enfants privés de leur seul parent, son dieu, son dieu, leurs économies dilapidées dans cette affaire, son mari qui doit se retourner dans sa tombe, et ses petits-enfants qu'elle n'a pas vu grandir, son dieu. Son dieu.

Depuis trente ans elle raconte la même histoire. Aux prisonnières qui partagent sa cellule, à la police, aux juges, aux avocats, à sa famille, à ses enfants et maintenant à ses petits-enfants, inlassablement elle répète : c'est l'âne maudit l'assassin, pas elle. Pourtant dans son dos, une tout autre version circule. Je l'apprends de Fuite qui à force de *biz-biz* dans les couloirs de la prison sait à peu près tout sur tout le monde. Pour la police, la justice et même pour la famille de Boutheina, il n'y a jamais eu d'âne fou, ni de sortilège. C'est une histoire qu'elle a brodée au fil des années pour ne pas affronter la réalité. Car en vérité, cet après-midi lourd de fin de juillet, après une journée de travail harassante sous un soleil de plomb, Boutheina a perdu les pédales, et la sempiternelle dispute avec sa voisine a viré au drame. Pour une broutille de lopin de terre caillouteux, deux vies ont basculé. Le sang de Boutheina a bouillonné dans sa tête surchauffée, elle a saisi le manche de la pelle qui reposait contre l'olivier et assommé, d'un seul coup, avec toute sa vigueur de paysanne, sa voisine septuagénaire et souffreteuse. L'outil lui a fendu la tempe, elle est morte sur le coup. On a retrouvé Boutheina assise sous son olivier, mutique, contemplant le corps de sa victime. Ses avocats ont d'abord voulu plaider l'accès de folie, mais au vu du conflit de longue date qui l'opposait à sa voisine, les juges ont estimé que le mobile était constitué et ont retenu le meurtre au premier degré, avec préméditation. Boutheina a été condamnée à perpétuité. Ses nombreux appels ont été rejetés et ses enfants et petits-enfants, à bout de force et d'économies, ont fini par baisser les bras.

Les années passant leurs visites se sont espacées, jusqu'à ne plus venir désormais qu'à tour de rôle, une fois tous les deux mois. Ils ne remplissent plus son compte de coupons depuis longtemps, c'est pourquoi Boutheina a pris ce poste de cuisinière à la prison. Pour ça et pour occuper son temps, elle en a tellement à présent. Le salaire qu'elle gagne lui permet de cantiner et de se fournir au marché noir. Elle s'est ainsi constituée au fil des années un joli bas de laine d'ustensiles, de fripes, de produits d'hygiène et de denrées en tout genre, suffisant pour lui assurer une certaine notoriété et un minimum de confort, mais pas pour lui faire oublier la caresse du vent sur son visage, l'odeur de la terre, le bruissement des blés dans le sirocco, et le jus chaud des oranges tout juste cueillies de l'arbre. Il n'y a que la grâce présidentielle qui puisse la tirer d'affaire à présent. Seule, acculée, oubliée, la vieille Boutheina continue pourtant de se battre, arguant dans un demi-aveu qu'elle a été condamnée il y a trop longtemps pour un crime contre lequel « elle n'a rien pu faire ». Je ne suis pas dupe de son mensonge et je comprends, en la regardant mimer la scène avec malice, que Boutheina a bien été capable d'un acte d'une telle violence. Pourtant, je suis transpercée au cœur par cette femme. La savoir meurtrière n'y change rien. Je lis entre les lignes de son histoire l'ivresse de posséder enfin quelque chose à soi après n'avoir jamais rien touché de sa vie, aucun meuble, aucun outil, aucune terre, qui n'appartienne à un père, un frère, un oncle, un mari, un homme. Ce lopin de terre, hérité de son défunt mari, était devenu sa chambre à elle, à chérir et à protéger jalousement. Dépossédée toute sa vie elle n'avait pas supporté qu'on mette en doute sa propriété, et avait défendu, jusqu'à la perdition, quelques pauvres mètres carrés de cailloux et de poussière.

Bien que forcément secouée par son récit et par les révélations de Fuite, je continue dans les jours qui suivent de la rejoindre après le dîner, comme une petite fille se fait un devoir de rendre visite à sa grand-mère. Après avoir mangé avec Fuite et Hafida, fait une partie de dominos avec la Cabrane (que j'ose à présent battre de temps en temps) ou commenté le journal télévisé avec Samira, je la retrouve au début du feuilleton, et m'assois sur le seau qu'elle a préparé pour moi. Elle m'accueille avec des mots gentils, des caresses sur ma joue, un petit quelque chose à grignoter, et une tendresse qui jamais ne pourrait laisser deviner l'épouvantable violence dont elle a un jour été capable. Cependant, à la lueur qui s'allume dans ses yeux devant les manigances des ennemis du sultan, je frémis. Les nombreuses tentatives de meurtre qu'il déjoue, coup de poignard dans le dos, élixir de ciguë dans son verre de thé, scorpion mortel sous son oreiller, sont pour elle des scènes joyeuses qu'elle accueille d'un rire carnassier. Je ne la sens jamais plus extatique et tendue vers l'écran que quand le poignard s'apprête à tomber. Et c'est toujours une petite déception pour elle de voir le Sultan s'en sortir, alors même que le reste de la cellule souffle de soulagement. Mais je l'accepte telle qu'elle est, avec ses vices, ses tourments et ses paradoxes. Je finis même par rire avec elle de sa cruauté espiègle et par lui promettre, en lui tapotant la cuisse quand l'ennemi du Sultan manque sa cible, « la prochaine fois Boutheina, la prochaine fois ». Sombre, dangereuse, mais si attachante Boutheina.

Le mercredi suivant je suis réveillée dès l'aube par la Cabrane qui m'informe que je dois retourner au tribunal. Ma première réaction, les yeux à moitié ouverts et le cerveau encore tout engourdi, est un refus catégorique. Non, elle fait erreur, j'ai déjà été jugée et d'ailleurs cela ne m'a rien apporté de bon. Le dernier procès a été une épreuve difficile et je n'ai pas du tout envie d'endurer à nouveau les fouilles, les trajets en fourgon et les huit heures d'enfermement dans le minuscule cachot pour qu'on m'annonce que ma peine a encore augmenté. De plus, je ne comprends pas ce qui me vaut cette convocation puisque je me suis résignée à passer quatre mois ici et n'ai pas demandé à faire appel. Échaudée par le premier procès je préfère faire mon temps que prendre le risque que ma peine soit portée à un an d'enfermement comme l'a requis je ne sais quel trou du cul de procureur. Mais la Cabrane balaye mes bougonnements d'un geste de la main par-dessus son épaule l'air de dire « qu'est-ce que j'en sais moi, c'est pas mon problème et je m'en fous ». Elle ne peut de toute façon rien faire pour moi, si je ne descends pas de mon lit pour me préparer ce sont les gardiennes qui viendront me chercher *manu militari*. J'obtempère donc, mais en soufflant et râlant dans ma barbe, quand même. Je me nettoie le visage et les dents, je reboutonne entièrement ma chemise à fleurs je réajuste la pince à linge sur mon pantalon pour être « décente », et j'avale un simple morceau de pain et de l'eau pour ne pas me charger l'estomac avant le panier à salade. C'est Orti Latifa qui me récupère. Si nous ne pouvons rien laisser paraître du secret qui nous lie, nous sommes heureuses de nous voir et de partager ce petit bout de trajet, pendant lequel elle prend discrètement de mes nouvelles avec un petit « *labesse* Bolona ? » glissé à mon oreille. C'est la première fois qu'une gardienne me le demande. Ce n'est pas grand-chose mais cela me donne de la force pour affronter cette nouvelle journée. Depuis que mon sobriquet de « Voyante » est devenu tabou, tout le monde, même les gardiennes, a adopté le surnom inventé par Fuite. Je ne sais toujours pas ce que ça veut dire mais je m'en accommode. Les juges me rebaptiseraient à leur tour que je ne m'en étonnerais même plus. La suite de la journée se déroule exactement comme lors de mon premier procès. Même trajet insupportable, même longue attente pénible dans la cellule exiguë et enfumée, même procès agité au cours duquel à peu près rien ne m'est traduit. Le traducteur, comme la dernière fois, suit le film en spectateur. À ce compte-là autant lui donner du pop-corn à ce petit monsieur. Je déchiffre les échanges comme je peux, avec mes quelques notions d'arabe et les termes juridiques empruntés au français, je parviens à comprendre que mes avocats (qui sont désormais au nombre de trois) ont fait appel, et que mon sort est de nouveau en ballottage. Debout face aux juges dans une chaleur accablante sans pouvoir me retourner, je n'ai rien d'autre à regarder que leurs quatre visages qui restent impassibles. J'essaye de deviner leurs opinions. Vont-ils lever ma sentence ? Vont-ils me condamner plus lourdement ? Vont-ils bâiller ? Me faire un clin d'œil ? Un sourire ? Un doigt d'honneur ? Mais comme au poker, ils ne laissent aucun indice à l'adversaire. La parole circule, de juge en avocat, d'avocat en procureur, sans passer par moi. Des hommes assis confortablement sur leurs pleins pouvoirs se livrent une bataille idéologique sur fond de Coran et de valeurs islamiques, pour décider entre eux du sort d'une de leurs petites femelles. Comme chez la directrice, j'ai l'impression de subir sans pouvoir me défendre un procès de moralité, où le principal crime que j'ai commis reste de ne pas m'être tenue

« à ma place ». Je ne m'attendais de toute façon pas à un procès équitable. Ces lois écrites sans nous et contre nous, ces procès tenus sans nous et contre nous, ces prisons conçues sans nous et contre nous, ne sont qu'une mascarade destinée à affirmer au détriment des unes le pouvoir des autres. Je n'espère plus rien de cette justice patriarcale qui a puni injustement ou démesurément mes camarades, et qui les a enfermées sans autre perspective de soin ou de réinsertion que celle de la repentance devant Dieu. Qu'ils la gardent leur parole, je ne participe plus à leur farce. Je réponds laconiquement à leurs questions, répétant comme un robot les phrases dictées par l'avocate et l'ambassade. Dans ma tête je suis ailleurs, je suis à la Manouba, entourée des miennes, occupée par des préoccupations triviales, la prochaine commande du marché noir, l'obtention de ce fichu coupe-ongles ou de cartes à jouer, les plaques de boutons inquiétantes qui recouvrent mon cou et font suspecter que j'ai attrapé la gale, ou ma lessive à faire en rentrant à la *haps*. Le procès prend fin et je suis renvoyée à mon cachot, comme un vulgaire paquet, sans une explication, un merci ou un au revoir. Je dois encore patienter ici deux bonnes heures avant de pouvoir reprendre la route. Cette fois je n'y fais aucune rencontre intéressante. Mes quatre codétenues du jour ne m'adressent pas la parole. Si j'étais une petite attraction au début de ma détention, je me fonds maintenant dans le paysage. Elles ne discutent pas non plus entre elles, préférant fumer en silence, ou essayer de dormir la tête appuyée contre le mur. L'une d'elles pleure quasiment sans interruption depuis le début de la matinée mais personne n'y prête attention. Moi-même j'ai appris à ne plus entendre les lamentations. Elles font partie du bruit de fond de la prison auquel, tristement, tout le monde finit par s'habituer. Une autre s'arrache méticuleusement les peaux de pieds. À ce genre de spectacle écœurant aussi je me suis faite. Les pieds sales aux ongles fourchus, les mollets poilus, les claquettes noires de crasse et les odeurs qui vont avec ne me provoquent plus aucun dégoût. Aussi laid soit le spectacle, ça fait toujours quelque chose à regarder.

En début d'après-midi je suis de retour au pavillon D. Mes camarades me sautent dessus pour que je leur raconte ma matinée. Les procès, parloirs, rendez-vous avec les avocats des unes et des autres sont autant de petits feuilletons que l'on se raconte pour occuper le vide des journées. Je suis moi aussi avec assiduité chaque épisode de la demande de grâce de Boutheina, des demandes de libération anticipée de Fuite et d'Hafida, et du terrible procès en appel qui attend Fazia, au cours duquel les résultats d'une nouvelle autopsie doivent être révélés. La mini-série de mon affaire les passionne tout autant, peut-être du fait de sa médiatisation, puisque toutes ont vu les images (floutées mais suffisamment explicites) de mon arrestation au journal de 20 heures. Elles évitent le sujet de mon « crime » à proprement parler, probablement trop tabou pour elles, mais me soutiennent à chaque étape de mon jugement. Depuis quelque temps « l'homme » qui contrôle à distance les chaînes de télévision filtre les informations, aussi je suis la seule à pouvoir raconter les derniers épisodes. Je tiens la directrice pour responsable de cette censure. Redoutant que mon acte d'insurrection féministe puisse faire des émules et jugeant les vidéos « obscènes », c'est sans doute elle qui aura donné la consigne de nous abrutir d'émissions pour enfants, de téléachats ou de séries à l'eau de rose débilitantes dont on nous gave à longueur de journée. Je livre tous les détails de mon audience à mes camarades qui se montrent, comme toujours, optimistes pour la suite. Selon elles, encore quelques semaines tout au plus et je retrouverai mon pays. « C'est bientôt fini pour toi, *hamdullah* », m'encourage Hafida en tapant dans ma main tatouée au henné pour me rappeler que je suis grâce à elles (et à Dieu cela va de soi) protégée du mauvais œil. Leur expertise et leurs encouragements me semblent plus sincères et sensés que toutes les plaidoiries du jour.

La journée se poursuit dans la paresse habituelle. Je passe une bonne partie de l'après-midi allongée à ne rien faire sur ma couchette, fermant les yeux par moments, sans réussir à m'endormir vraiment. Je ne parviens plus à tomber dans un sommeil profond. Les jours et les nuits s'étirent dans la même somnolence, mais ces dernières ont l'avantage d'être plus calmes. Quand les pleurs et les cris s'arrêtent, quand les télévisions s'éteignent, quand les derniers écrous tournent, quand les dernières portes claquent, et qu'il n'y a plus que la mélodie des ronflements et des pales du ventilateur pour accompagner les noctambules, il me semble mieux entendre mes propres pensées. Chafia continue de partager mes insomnies. Nous échangeons quelques mots dans notre langue des signes, ou menons simplement nos petites activités, côte à côte mais ensemble. En m'asseyant le dos contre le mur, tout à fait à gauche de ma couchette, je capte suffisamment de lumière venue de l'ampoule des sanitaires pour lire ou pour écrire. Je veille parfois jusque tard dans la nuit. Peu m'importe d'être fatiguée au réveil puisque sitôt le comptage et le petit déjeuner finis je n'ai rien d'autre à faire que végéter toute la journée.

En fin d'après-midi, une émission de variété à la télévision vient sortir la cellule de la léthargie. Le pavillon D se réveille emporté par un vent de folie. Fuite s'empare de la télécommande pour monter le son et un petit groupe de danseuses se forme autour d'elle. Bientôt elles sont une quinzaine à danser et chanter sur des airs traditionnels. La Cabrane esquisse quelques petits pas au son des youyous et Boutheina assise sur le rebord de sa couchette fredonne en dodelinant de la tête. Hafida, qui était si faible ces derniers temps, a retrouvé sa joie de vivre et fait tournoyer son gros ventre dans la pièce. Samira donne le rythme en battant des mains et Chafia offre une démonstration de sa célèbre danse du ventre. Quant à Fuite, on n'entend qu'elle. Une brosse à cheveux en guise de micro, elle chante à tue-tête débout sur un seau. Seules Orti Saïda, les dobermans et la pauvre Fazia enchaînée à elles boudent la petite fête. Je me joins volontiers à ce moment de joie fugace comme on en connaît peu. Bientôt les matonnes interviendront en faisant claquer leurs matraques sur les barreaux de la cellule, il faut en profiter. Après un bon quart d'heure de danse, c'est en sueur et essoufflées que nous regagnons précipitamment nos couchettes au tintement des matraques, comme des petites filles surprises en train de sauter sur les lits. Mais la gardienne ne s'attarde pas longtemps, l'émission de variété coupée et le calme revenu, elle tourne les talons. Dans dix minutes son service prendra fin, elle n'a pas envie de se fatiguer à gueuler comme un putois. En outre, elle sait que le pavillon D ne représente pas une grande menace. La fête interrompue, chacune retourne docilement à ses occupations, comme si rien n'était arrivé.

À l'heure du dîner je profite d'une accalmie du côté des sanitaires pour prendre une petite « douche » de fortune au robinet des toilettes. J'en ai pris mon parti et y suis maintenant habituée. Après cette journée de forte chaleur, le contact glacial de l'eau sur ma peau est même agréable. Les brocs d'eau froide jetés au visage, dans le dos, sur la poitrine et entre les jambes ne me font plus frissonner que de plaisir. J'ai appris à ignorer les cafards qui se promènent sur les murs et les excréments qui passent entre mes pieds si une codétenue utilise le sanitaire voisin au même moment. J'envoie un broc d'eau sur l'étron en balade pour le chasser et continue ce que j'ai à faire, sans plus y penser. J'ai aussi appris à mieux me débrouiller, je ne glisse plus sur le carrelage mouillé et mes vêtements ne tombent plus dans les flaques. J'arrive même à me faire des shampoings, une fois par semaine, la tête penchée sous le robinet presque au-dessus du trou, frottant mon crâne d'une main et retenant mes longs cheveux de l'autre, afin qu'ils ne touchent pas le sol. Après la douche, j'enfile un débardeur et une culotte propre. Mon ensemble chemise-pantalon-pince à linge, lui, reste sale, n'ayant pas de tenue de rechange pour l'instant je ne peux jamais le lessiver. Pourtant, ainsi « douchée », séchée et rhabillée, mes cheveux peignés avec les doigts et ma chemise bien boutonnée, j'ai l'impression de sortir comme un sou neuf de la salle de bains, prête pour la soirée. Mes camarades sont déjà attablées et me font signe de les rejoindre. Comme chaque soir je dois me mettre en quête de tout ce qu'il faut pour dîner. D'abord mon Tupperware sous mon lit puisque depuis mon malaise j'ai été placée au « régime ». On m'apporte désormais chaque jour une ration de féculents sans sauce et sans sel. Mes repas sont monotones mais mon estomac semble mieux s'en accommoder. Le ragoût du jour se compose de haricots et de pieds de vaches noyés dans un jus à la harissa, dont la seule vue suffit à m'écœurer. Je préfère me contenter de ma semoule à l'eau. Avant de pouvoir m'attabler je dois encore trouver une cuillère. À chaque repas je dois m'en faire prêter une, et ça n'est pas une sinécure. Mes amies utilisant déjà la leur je n'ai pas d'autre choix que de déranger la Cabrane. Elle consent toujours à me céder le précieux ustensile, mais je dois m'acquitter de frais de location. Un baiser sur les lèvres, c'est l'embarrassant prix à payer pour tout emprunt à la reine du pavillon. Après avoir payé la taxe, je peux enfin m'installer avec ma petite bande pour le dîner. Il y a là autour de la table Hafida, Samira, Fuite, Chafia et quelques comparses habituelles. Pour agrémenter ma semoule, Hafida propose d'y verser du lait, du sucre et de la fleur d'oranger. Nous mélangeons le tout pendant quelques minutes pour que la semoule s'imprègne, puis dégustons la préparation à huit cuillères dans le Tupperware. Je n'ai rien mangé d'aussi bon depuis des lustres, un vrai dessert de fête. Même le bébé d'Hafida se régale. À chaque bouchée qu'elle avale il s'ébroue de joie dans son ventre, ce qui provoque les cris de surprise de sa maman et les rires de toute la tablée. Hafida pose ma paume sur son ventre pour me faire sentir ses petits coups et c'est comme si c'était lui à présent qui lisait mon avenir. À travers la peau chaude et tendue, le petit habitant essaye de toutes ses forces de me dire quelque chose mais je ne comprends pas son morse de nourrisson. De quelle grande nouvelle essaye-t-il de se faire le messager ? Une fois la table débarrassée et la cuillère rendue à la Cabrane je ne tarde pas à rejoindre Boutheina. Elle a déjà installé un seau et un petit coussin pour moi près de son lit. Ce soir, elle est fatiguée et n'a pas envie de parler.

Elle a déposé sa demande de grâce il y a quelques jours. Jusqu'à présent cela n'a jamais rien donné mais elle garde espoir et toute la cellule avec elle. Depuis elle est pensive, concentrée. Je m'installe sur le seau et reste silencieuse. Nous buvons notre verre de Fanta sans rien dire, puis elle égrène son chapelet et je fume une cigarette Cristal, en attendant que le feuilleton commence. C'est bien comme ça. J'aime ces moments paisibles et simples auprès d'elle. J'aime qu'on puisse ne rien se dire et être pourtant parfaitement connectées. Je profite de ce moment partagé avec ma vieille psychopathe qui de temps à autre pose sa main sur mon genou sans quitter l'écran des yeux, comme pour s'assurer que je suis toujours là, fidèle à ses côtés. Encore une publicité pour la semoule Samia et les premières notes du générique retentissent dans le pavillon. Le silence se fait et toutes les détenues se pendent aux lèvres humides et pulpeuses de Soliman. Rien ne va plus pour lui ces temps-ci, il y a du rififi au Harem. Je ne comprends toujours rien aux dialogues mais je suis parvenue au fil des épisodes à saisir la trame générale, qui suit grosso modo les éternelles rivalités entre les nombreuses concubines du Sultan. La brune Mahidevran, ancienne favorite, et la rousse Hurrem, nouvelle chouchoute, se tirent la bourre depuis des semaines. Hier soir Pargila, le meilleur ami du Sultan, a surpris Mahidevran dans un couloir, dague à la main, s'apprêtant à faire du grabuge. Nous sommes passées à deux doigts de la catastrophe, au grand dam de Boutheina qui espère toujours un bon petit bain de sang. Depuis, Mahidevran est confinée dans sa chambre jusqu'à nouvel ordre, et n'a pas l'air d'aller très fort. Pendant ce temps Soliman le magnifique, tout en beauté avec son imposant turban, sa robe noire sertie d'or et sa barbe impeccablement taillée, console – chastement – l'innocente Hurrem qui l'a rejoint dans sa chambre. La scène est coupée avant que leurs lèvres se touchent, ce qui n'empêche pas le thermomètre de grimper dans le pavillon. Le Sultan, malgré sa calvitie, ses yeux globuleux et sa lippe boudeuse, est unanimement considéré comme un sex-symbol. Certaines originales lui préfèrent Pargila mais se font vite rabrouer quand elles osent les mettre en compétition. Le Sultan est adulé par les détenues de quinze à quatre-vingts ans et à les entendre parler de lui on dirait qu'elles font elles aussi parties de son harem. Voilà la seule fiction dans laquelle on autorise les prisonnières à se projeter : celle de femmes qui se déchirent et s'entretuent pour s'attirer les faveurs d'un homme despotique, gardien de leur liberté et propriétaire de leurs vies.

Quoi qu'elles fassent, où qu'elles regardent, tout semble être fait pour les rappeler à leur condition inéluctable d'objets serviles aux mains d'hommes tout-puissants. La misogynie et la mièvrerie de l'histoire me désolent et, comme Boutheina, je ne serais pas contre un peu d'action (de type mutinerie générale et coupage de couilles à la serpette), mais l'heure du feuilleton est tout de même un moment de réconfort. La mélodie des dialogues alliée aux soupirs de mes codétenues me berce et me vide le cerveau. Le calme que Soliman, Hurrem et leurs acolytes amènent dans la prison agit comme un linge mouillé sur mon front, après une longue journée de vacarme, de chaleur et de tracas.

Je fais le vide, je ne pense plus à rien, ni à mon procès, ni à la directrice, ni aux gardiennes, ni à mes réserves qui s'amenuisent, ni à ma santé qui faiblit. En plus des plaques de boutons dans mon cou, je me traîne depuis quelque temps une vilaine mycose, apparue à force de m'essuyer à la main et de croupir dans des sous-vêtements humides. L'infection gagne du terrain, mais je n'ose pas en parler de peur d'être envoyée à l'infirmerie pour subir un examen gynécologique. Je redoute aussi mes prochaines règles qui ne feront qu'empirer la chose. Les serviettes hygiéniques fournies par la prison sont d'une propreté douteuse et bien que Fuite m'ait appris à confectionner des tampons avec un mouchoir en papier je n'ai pas le matériel nécessaire pour m'en préparer. Mais pour l'heure je m'efforce de ne plus y penser. Dans le jour déclinant et les nuages de fumée des cigarettes je contemple les femmes qui m'entourent. J'observe au moins autant le programme à la télévision que ce qu'il se passe dans la cellule au même moment. Les détenues éteignent leur dernière cigarette puis regagnent à pas de velours leurs couchettes. Celles qui dorment par terre ont installé leur campement en silence et se sont glissées sous leurs draps. Plusieurs petites mains égrènent des chapelets dans un geste répétitif et rassurant, comme des doudous qu'on caresserait pour s'endormir. Les positions sont ce que je préfère détailler. Ici un bras replié sous une tête, là deux mains jointes sous une joue aux airs de sainte endormie, ici encore un pied de danseuse croisé par-dessus l'autre qui bat la mesure, là un bras déposé le long d'une croupe rebondie. Quand une de mes codétenues s'aperçoit que je la regarde, elle m'adresse un petit sourire, un clin d'œil, un regard comme un message, quelques mots murmurés sans bruit « Bolona il faut que je te parle. La journée a été dure aujourd'hui. J'ai quelque chose pour toi. Tu sais ce soir j'y pense. Il faut que je te raconte quelque chose ». À la fin du feuilleton quelques-unes se lèvent discrètement pour aller une dernière fois aux toilettes, tandis que la Cabrane éteint le poste de télévision et hèle une gardienne pour qu'elle éteigne la lumière. C'est le moment où je regagne mon perchoir, non sans avoir déposé un baiser sur la grande main de Boutheina qui s'est déjà endormie et tapé dans celle que me tend Fuite en guise de bonne nuit. J'enroule mes quelques objets et vêtements dans ma serviette de toilette que je glisse à son tour dans ma taie d'oreiller, puis je suspends soigneusement ma chemise à fleurs au pied de mon lit pour qu'elle ne soit pas froissée. Je dors maintenant en débardeur mais je n'ose toujours pas quitter mon pantalon. Si par malheur le drap glissait pendant la nuit pour dévoiler une cuisse ou une fesse nue, la police des mœurs du pavillon en ferait toute une histoire. Enfin, je cale mon oreiller de fortune sous ma tête et remonte mon drap jusqu'à mon menton pour me protéger des piqûres de moustiques et des intrusions des cafards égarés. Me voilà prête pour attendre des heures un sommeil qui ne viendra pas. À côté de moi, Chafia en tailleur sur son lit tresse du bout des doigts ses petits morceaux de laine. Elle chantonne sans un bruit les paroles de l'air qui passe dans sa tête. Je me penche vers elle et lui fais signe de me prêter un de ses écouteurs imaginaires. Je le cale dans mon oreille et comme si j'entendais la musique je me mets à mon tour à me dandiner. Nous pouffons dans nos poings fermés tandis que Fuite, secouée par le chambranle, grogne dans son sommeil pour que j'arrête de gesticuler. Rapidement, les ronflements des dormeuses viennent s'ajouter à ceux du ventilateur, au loin les cris et les pleurs ont complètement cessé, les dernières talonnettes de gardiennes ont traversé le couloir de gauche à droite, puis de droite à gauche pour finir par rejoindre leur poste de garde. En tendant l'oreille, j'écoute, dans l'atonie de la nuit, les sons recouverts par le vacarme la journée. Le chuintement des canalisations, les petites pattes des rats qui courent dans les cloisons, un robinet qui goutte, le grésillement de l'ampoule des sanitaires, le vent chaud qui secoue les fils à linges de la cour, un moteur de frigo ou de groupe électrogène qui ronronne, quelques paroles incompréhensibles murmurées dans un rêve, au loin très loin des vrombissements et des sirènes impossibles à identifier. Et puis tout à coup, tout prêt, une sonnerie qui me fait sursauter alors que je commençais à somnoler.

Cette sonnerie, je sais exactement d'où elle vient et ce qu'elle signifie. Je l'ai déjà entendue souvent. Elle et les bruits de pas qui s'ensuivent. Le tour de clés, les cris de surprise, les pleurs, les louanges à Dieu et les pas dans l'autre sens, accompagnés cette fois du flip flop empressé d'une paire de claquettes qu'on s'apprête à quitter. Cette sonnerie, c'est celle du téléphone des gardiennes et elle annonce les libérations, qui ont toujours lieu tard le soir. Je l'ai souvent guettée et plus d'une fois j'ai cru à tort que les pas se dirigeaient vers notre pavillon. Aussi quand je les entends remonter ce soir dans notre direction, je commence par ne pas y croire. Jusqu'au dernier moment je reste persuadée que les talonnettes vont bifurquer vers la gauche ou carrément faire demi-tour. Je me demande même si je n'ai pas tout simplement rêvé ce coup de fil. Mais en tournant la tête vers Chafia je remarque qu'elle ne chantonne plus. Ses doigts ont cessé de s'agiter, le cou droit et l'oreille tendue tel un chien de prairie, elle écoute le bruit des pas qui approchent dans la nuit. La clé tourne lentement dans la serrure de notre pavillon, puis l'écrou s'ouvre. L'une d'entre nous va sortir ce soir ! Comme pour faire durer le suspense la gardienne s'avance à pas lent dans notre cellule sans délivrer le nom de la chanceuse. À moins que ce ne soit pour ne pas faire trop de bruit. Quelques détenues se sont pourtant réveillées et commencent à se redresser dans leur lit. À travers la pièce je croise le regard confiant et chaleureux d'Hafida, le même que celui qu'elle m'avait adressé la première fois que je me suis allongée dans ce lit. Le terme de sa grossesse approche, et si c'était elle qu'on venait chercher ce soir ? Sous moi, je sens que Fuite commence à s'agiter, je n'ose imaginer son cri de joie si on lui annonce que sa demande de libération conditionnelle a enfin été acceptée. Même Samira qui n'attend pourtant plus la lettre d'absolution de son mari depuis longtemps a entrouvert son rideau, sait-on jamais peut-être qu'il aura changé d'avis ? Du côté de Boutheina par contre rien n'a bougé. Son rideau est toujours fermé et je l'imagine pétrifiée dans sa couchette, les yeux écarquillés et les mains serrées sur son chapelet. Et si le président lui avait accordé sa grâce annuelle ? Mais finalement la gardienne arrête son pas à mon niveau et pose sa main sur mon bras, pour me faire comprendre sans un mot ce que toutes avaient déjà deviné. Fuite, n'y tenant plus, a bondi comme un fauve hors de sa couchette et me secoue à présent par les épaules pour me faire réaliser ce que j'ai du mal à comprendre. « Bolona, c'est fini ! Tu sors ! », s'écrie-t-elle, réveillant par la même occasion la moitié du pavillon qui était encore endormie. Complètement hébétée c'est au ralenti que je parviens à sortir de sous mon drap et descendre de ma couchette. La gardienne me donne deux minutes pour réunir mes affaires et faire mes adieux, « rapide et en silence, compris ? » s'agace-t-elle, craignant que nous provoquions trop d'agitation à cette heure tardive. Fuite, surexcitée, est déjà en train de préparer mes affaires. Elle fourre mes cahiers et mes livres dans ma taie d'oreiller qui après m'avoir servi de coussin et de placard, va à présent me servir de balluchon. Je lui lègue mes cigarettes, mes réserves de nourriture et mes produits d'hygiène pour la mettre quelque temps à l'abri, puis je la prends dans mes bras comme une petite sœur, sa tête pressée dans le creux de mon épaule. Nous nous étreignons en pleurant et en riant, triste de se quitter mais heureuses, si heureuses de s'être rencontrées. En dépit des interdictions mes amies sortent une à une de leur lit pour venir m'embrasser. Hafida (son petit occupant serré entre nos deux corps), Samira (à qui je remets l'intégralité de mes coupons),

Chafia (toute contente de cette animation nocturne), Fazia, la Cabrane et les autres, elles sont toutes réunies autour de moi. On s'étreint, on se remercie, on se promet de ne jamais s'oublier, les *bismillahs* sont déposés entre deux baisers sur les joues, et à voix basse dans l'oreille on répète pour la cinquantième fois nos vrais noms et prénoms pour essayer, un jour, de se retrouver. Je voudrais pouvoir prendre un moment pour saluer chacune de mes vingt-sept codétenues mais la gardienne s'impatiente. Je lui arrache tout de même une dernière minute pour m'agenouiller au pied du lit de Boutheina qui vient d'ouvrir son rideau. La vieille femme prend mes mains dans les siennes et me parle en arabe. Je hoche la tête, presse sa main contre mon front et lui réponds en français. C'est un étrange dialogue de sourdes mais nous nous comprenons. Je sais exactement ce qu'elle veut me dire, je sais ses bénédictions, sa tendresse, sa générosité. Elle sait mon respect, mon amour, ma reconnaissance. De ses beaux yeux verts en amande s'échappe une unique larme, grosse et lourde, qui vient s'écraser sur mon bras. Je pose ma main sur la goutte salée pour qu'elle ne s'échappe pas, pour la garder sur ma peau comme un tatouage. La Cabrane parvient à me détacher d'elle pour me pousser vers la sortie. Elle me remet mon baluchon et m'encourage d'une petite claque sur la joue qui m'aide à me ressaisir « Allez Bolona, il est temps » me raisonne-t-elle. Je me retourne sur le pas de la porte, je voudrais leur dire au revoir dans leur langue mais je me rends compte que c'est un mot qu'elles ne m'ont jamais appris puisque nous n'en avions pas l'utilité. Alors je leur adresse un signe de la main dans laquelle on peut voir, comme un emblème, le cercle de henné orange qu'elles m'ont peint dans la paume. Le grigri aura bien joué son rôle. Je jette un coup d'œil à la cellule, à ses visages qui me sourient, ses lits de fers, ses dentelles, ses piles de couvertures sur les étagères, ses fenêtres grillagées, son ventilateur branlant et j'emporte avec moi cette toute dernière image, floue et embuée par les larmes, de mon pavillon D.

Je dois encore traverser plusieurs étapes avant d'être réellement libérée mais je les vis comme un robot, sans vraiment faire cas de ce qui m'arrive. Les paroles et les sons me parviennent étouffés, comme si j'avais la tête sous l'eau. Je suis heureuse d'être libérée – bien que j'aie encore du mal à y croire – mais je suis aussi bouleversée par ce départ soudain. Quelque chose s'est cassé à l'intérieur de moi au moment où j'ai franchi la porte en les laissant derrière moi. J'ai senti nettement le craquement dans ma poitrine. Comme un bréchet qui se rompt. Et sans bréchet les oiseaux ne volent pas. On me conduit à la salle de fouille où je subis un dernier examen, mais qui se déroule cette fois sans la moindre brutalité. On me traite comme une presque femme pour la première fois depuis longtemps. Je dois me mettre nue et tousser mais cela ne dure que quelques secondes. Le contenu de mon baluchon est ensuite inspecté pour s'assurer que je n'exfiltre pas de noms ou adresses au-dehors. Tandis que les gardiennes épluchent mon cahier je répète en boucle dans ma tête les quelques noms que j'ai appris, comme un acte de rébellion. Il n'y a rien qu'elles puissent y trouver puisque j'ai pris soin de tout noter en langage codé (forçant par exemple le trait du crayon sur une lettre par ligne pour composer les noms), mais « à la demande de la directrice » il m'est tout de même confisqué. Je reçois sans broncher ce dernier coup de griffe de mon ennemie jurée. Je suis vengée quelques instants plus tard puisque les gardiennes, après un court instant d'hésitation, décident de me laisser emporter mes livres sans en vérifier les pages. Si je regrette d'abord de ne pas avoir pensé à les laisser à Fuite, je me souviens ensuite que dans les marges de mon exemplaire des *Contemplations* se trouvent toutes les notes que j'ai prises avant d'avoir accès à du papier. Avec ses quelques lignes et dessins il me semble que c'est un morceau du pavillon D que j'emporte comme un trésor avec moi. Après la fouille j'ai l'impression de remonter le temps. Je suis conduite dans le bureau du mont-de-piété où je récupère le sac à dos, les chaussures et les vêtements que j'avais consignés à mon arrivée. J'enfile ma paire de basket, heureuse d'abandonner enfin ma vieille paire de pantoufles et de récupérer ainsi un peu de ma dignité. À l'étape suivante je retrouve le comptoir des admissions que je n'avais pas revu depuis le jour de mon incarcération. Une gardienne me fait signer quelques documents de l'empreinte de mon doigt, puis déchiffre à voix haute mon nom et mon prénom avant de me rendre mon passeport. Je récupère mon identité. Je ne suis plus La voyante, ni Bolona, je suis de nouveau moi-même, citoyenne française, et libre. Enfin pas tout à fait. Je dois encore patienter jusqu'au lendemain 9 heures, heure du premier vol pour Paris, pour ne plus être sous contrôle policier. En attendant, je suis conduite dans un centre de rétention étrangement vide dont j'ignore la vocation. Les policiers qui m'accompagnent restent sur le parking tandis que je pénètre dans le bâtiment endormi. L'intérieur ne ressemble ni à la Geôle ni à la Manouba puisqu'il n'y a pas de portes fermées ou de barreaux. Les pièces spacieuses ne contiennent que des lits simples où sont allongées quelques femmes, noires pour la plupart, parfois aux côtés de leurs enfants. La configuration du bâtiment et sa proximité avec l'aéroport me laissent penser qu'il doit s'agir d'un centre d'immigration mais je ne suis pas formelle. Je pénètre dans la seule chambre qui n'est pas encore occupée et me retrouve seule dans le silence. J'avais presque oublié ce que cela faisait. Ici les ronflements des dormeuses ne sont qu'un souffle ténu et lointain. Ici je peux éteindre et allumer la lumière à ma guise. Ici je peux regarder par la fenêtre les lumières des lampadaires. Ici je peux même observer la lune entre deux nuages, que je salue comme une vieille copine. Je suis dans un tel état de tension qu'il m'est impossible de dormir. Je décide de mettre ce temps à profit pour me rendre un peu plus « présentable » avant mon grand retour à la vie. J'ouvre mon sac à dos comme je déballerais un cadeau de Noël pour y retrouver, avec une joie immense, toutes les affaires personnelles qui m'avaient été confisquées, ma trousse de toilette, mes vêtements, mon portefeuille et mon téléphone portable, sur lequel je me rue aussitôt mais dont la batterie est malheureusement vide. Son chargeur a dû rester planté dans la prise de la chambre d'hôtel car il demeure introuvable. Il faudra encore que je patiente quelques heures avant de pouvoir contacter le monde extérieur. Dans un miroir au-dessus du lavabo je redécouvre mon visage. En quelques semaines j'ai beaucoup changé. Je ne parais pas amaigrie, au contraire je suis toute bouffie. À force de mauvaise alimentation et d'inactivité mon visage a gonflé. Surtout, et l'image me frappe presque aussi violemment que lorsque j'ai découvert les visages de mes codétenues à mon arrivée, mon teint est vert et ma peau grumeleuse. Mes cheveux et mes poils ont beaucoup poussé avec la chaleur et me donnent des airs d'enfant sauvage sorti de sa caverne. Avec le temps mes ongles de pieds se sont recourbés et forment des petites griffes d'animal. Je n'ai toujours pas de coupe-ongle pour m'en débarrasser mais je les lave longuement au gel douche que je fais mousser exagérément. Puis je me brosse les dents (pour une fois sans lésiner sur le dentifrice) et les cheveux avant de les nouer soigneusement en chignon avec un vrai élastique et non plus un morceau de tissu. Je n'ai pas de pince à épiler, mes sourcils qui bientôt n'en formeront qu'un, devront encore patienter. Enfin, c'est presque cérémonieusement que je quitte mes nippes de prisonnière pour réenfiler mon tee-shirt et mon jean presque propres, qui me font l'effet de vêtements neufs et luxueux. J'abandonne mon ancienne tenue sur le dossier d'une chaise avant de me raviser. Non, je ne suis pas encore prête à les quitter, ni à laisser complètement Bolona derrière moi. Sans savoir dans quel but, je décide de les plier et de les ranger dans mon sac à dos, pince à linge comprise. Je passe le reste de la nuit (deux heures à peine) assise tout habillée sur le lit, mon sac serré contre ma poitrine, sans parvenir à fermer l'œil. Quand on vient me chercher à 7 heures du matin cela fait vingt-quatre heures que je n'ai pas dormi. Je remonte le hall de l'aéroport comme un zombie entre deux policiers et tous les regards se tournent vers moi. Je devrais être heureuse de retrouver les gens, la vie, les commerces, les lumières, les sons, mais c'est presque trop, je n'arrive pas à suivre. Même mes pieds perdent le rythme, je trébuche, je perds mes baskets sans lacets et les policiers doivent me soulever par les aisselles au moment de prendre l'escalator. Après une longue et pénible traversée, nous parvenons à la porte d'embarquement. Et à 8 h 50, je prends enfin place à bord du vol TS3762 en direction de Paris-Charles-de-Gaulle. Les passagers de l'avion ont beau me regarder de travers, j'ai beau encore sentir les égouts, le tabac et la sueur, mon cerveau et mes yeux ont beau être secs après tant d'heures sans sommeil, je suis libre. L'avion décolle et s'envole comme dans mes rêves, il plane au-dessus du tribunal, quitte Tunis, survole les champs d'orge et les palmeraies, traverse la Méditerranée et me ramène à la maison, retrouver les rues de Paris.

Cinq années ont passé et ma vie a repris son cours. Dans la paume de ma main on peut voir la ligne repartir après l'accrochage, presque aussi nette et droite qu'avant, bien que légèrement double par endroits. Dans les semaines qui ont suivi ma libération pas une journée n'est passée sans que je pense à elles. À chaque heure je pouvais savoir ce qu'elles faisaient tant je connaissais par cœur leur quotidien immuable et monotone, et cette pensée obsédante me torturait. À 7 heures, Boutheina et les Blouses bleues se levaient pour se préparer. À 8 heures, toutes les détenues étaient debout dans le couloir pour le pointage. À 9 heures, Hafida buvait son lait tiède les yeux dans le vague. À10 heures, les plus jeunes balayaient la cellule. À 11 heures, Samira faisait ses sudokus. À 13 heures, Fuite réapparaissait après sa tournée du matin. Et ainsi de suite. Les savoir encore coincées dans cette boucle infernale tandis que je pouvais de nouveau me promener, dîner avec des amis, rendre visite à ma famille, aller au cinéma ou me baigner dans la mer, me procurait une douleur aiguë à la poitrine, juste au niveau de mon petit bréchet cassé. Il m'a fallu quelques mois avant d'essayer de les retrouver sur les réseaux sociaux. Hélas, je me suis rapidement heurtée à la barrière de la langue et à celle de l'homonymie, très courante en Tunisie. Après avoir tapé leurs noms des dizaines de fois dans des barres de recherche sans parvenir à retrouver leurs visages, j'ai fini par abandonner, préférant enfouir mes souvenirs douloureux de la Manouba dans une valise sous mon lit, avec mon exemplaire des *Contemplations*, mon pantalon marron, ma chemise parme à fleurs et ma pince à linge, que je n'avais jamais réussi à jeter. Le temps faisant son œuvre, je suis peu à peu parvenue à quitter Bolona pour redevenir moi-même. Ou du moins un ersatz de moi-même. J'ai recommencé à sortir, à danser, à militer, à faire l'amour, à vivre et à être heureuse. J'ai retrouvé du travail et un appartement, j'ai de nouveau eu des projets, des envies et des rêves et j'ai même, quelques années plus tard, rencontré l'amour de ma vie. À présent, mes vingt-sept codétenues ne me rendent plus visite qu'en des apparitions fugaces de fantômes. Certains jours je crois apercevoir la silhouette cambrée de Souad qui traverse la rue, le visage radieux d'Hafida derrière une poussette, le sourire éclatant de Fuite en terrasse d'un café, ou les mains tannées de Boutheina dans le métro, égrenant un chapelet. Dès que je les touche elles disparaissent, comme des bulles de savon. La nuit, les fantômes envahissent mes rêves. Je ferme les yeux et je suis de retour à la Manouba, mais mes camarades m'en veulent et refusent de m'adresser la parole. D'autres fois elles prennent les traits de nourrissons hurlant dans des petits berceaux de fer alignés dans une cave, ou de membres de ma famille (ma mère et ma sœur la plupart du temps) tambourinant contre une porte dont je n'ai pas la clé. Cependant, abstraction faite de ces visions éphémères dont je ne parle à personne, je me targue de m'être réconciliée avec cette période marquante de mon passé, et de l'avoir, comme on dit, « digérée ». Je ne l'évoque d'ailleurs qu'en de rares occasions, généralement après quelques verres de vins, afin de ne pas trop forcer sur mon petit bréchet qui, bien qu'il se soit en partie ressoudé, en a gardé une certaine fragilité. Je parle volontiers de la prison, des raisons qui m'y ont amenée, des conditions de détention, des aspects circonstanciels et techniques de cet épisode de ma vie, mais de mes codétenues jamais. Leurs histoires individuelles et notre histoire commune je ne les raconte pas. Ne sachant pas par où commencer et considérant que je n'aurais de toute façon jamais assez d'une soirée pour dire toute la complexité et la profondeur des femmes que j'ai connues là-bas, je préfère généralement garder ça pour nous. Je m'en suis presque fait une gageure, de peur peut-être qu'à trop les appeler elles ne finissent par surgir, comme des sorcières de placards à balais. Aussi, quand cinq ans plus tard, par un soir glacé de mars, je monte gaiement les escaliers d'un immeuble du 18e arrondissement, je suis loin d'imaginer que la Manouba, que je croyais laissée depuis longtemps derrière moi, s'apprête à ressurgir brutalement dans ma vie.

C'est un ami italien qui invite. Une dizaine de personnes sont déjà réunies autour d'une table basse recouverte de verres de vin et de cendriers quand je fais mon entrée. Je ne connais pas grand monde mais peu importe, je suis de bonne humeur, j'ai envie de discuter, de m'enivrer et de m'amuser, exercice que je maîtrise d'ailleurs remarquablement bien depuis que j'ai découvert ce que c'était d'en être privée. La joyeuse bande hétéroclite d'inconnus m'accueille en me tendant un verre de vin et je m'installe parmi eux sur un canapé. Le début de soirée se déroule sans encombre, en pilote automatique sur la fête. Alcool, musique et pétards assurant le bon vol des passagers. Les invités continuent d'affluer, remplissant la pièce en même temps que la fumée des cigarettes. J'abandonne rapidement les amis avec qui je suis venue pour papillonner dans le grand appartement haussmannien qui nous accueille, à l'affût de nouvelles rencontres. Sur le balcon, je me retrouve finalement seule à seule avec une jeune femme d'une trentaine d'années qui fume une cigarette accoudée à la rambarde. La conversation s'engage rapidement, d'abord sur un ton tout à fait badin, avant qu'elle ne bascule de façon inattendue. Le choc est tel que c'est comme si je basculais moi aussi, à la renverse par-dessus le balcon. Elle s'appelle Nour. Elle est journaliste et installée à Paris depuis six ans. Reporter de terrain, elle a couvert au cours des dernières années les plus grandes manifestations internationales. Quand elle n'est pas à l'étranger pour tourner ses reportages, elle apporte sa contribution à la lutte en foulant elle-même les pavés parisiens. Droits des sans-papiers, mariage pour tous, MeToo, marche pour le climat, elle est de tous les grands combats de son époque. C'est, dit-elle, le Printemps arabe qui lui a chevillé au cœur ce goût prononcé pour le militantisme de rue. Des prémices de la révolte à Sidi Bouzib à la fuite de Ben Ali, elle a suivi avec passion tous les évènements de la révolution de Jasmin et est même descendue manifester dans les rues de Tunis contre l'avis de ses parents. Je l'avais déjà un peu deviné à son accent mais son histoire vient le confirmer, Nour est tunisienne. J'ai beau avoir « digéré », c'est une information qui ne me laisse jamais indifférente. Que je le veuille ou non je suis intimement liée à ce pays et à ses habitantes. Cependant, habituellement personne à part moi ne perçoit la petite oscillation que provoque le seul nom de « Tunis » sur mon électrocardiogramme. Mais Nour, elle, le remarque aussitôt. Elle me demande alors, toujours sur le ton du bavardage l'air de rien, si j'ai déjà visité son pays. D'ordinaire plutôt discrète à ce sujet, je suis subitement prise d'un élan de franchise. C'est à se demander si elle n'aurait pas glissé un sérum de vérité dans mon verre. Je lui avoue que je connais la Tunisie pour y avoir un temps vécu mais que je ne connais ni ses villes ni ses paysages pour ne les avoir jamais vus. Forcément elle veut en savoir plus. Elle pose sa main sur mon bras pour m'empêcher de partir et à la manière qu'elle a de planter ses yeux verts dans les miens, je vois, je sais, qu'elle est en train de comprendre. Je décide de ne pas lutter et lui balance sans détour le secret de mon séjour en prison. « Tu étais à la *haps* ? » veut-elle que je lui confirme, pour être certaine d'avoir bien entendu. Elle a presque crié pour couvrir le bruit des enceintes. Je suis habituée à toutes sortes de réactions quand les gens l'apprennent, la surprise, la curiosité, la désapprobation ou même l'effroi, mais cette fois, je le vois tout de suite, c'est autre chose. Plus ancré, plus atteint. En un regard j'ai compris ce qu'elle va me dire. Nour elle aussi a connu l'emprisonnement et plus incroyable encore, elle me révèle qu'elle aussi a été enfermée à la Manouba de Tunis, bien que dans un autre pavillon que le mien et deux années auparavant. C'est une déflagration. J'ai l'impression que le sol s'ouvre sous mes pieds. Je crois que mon cerveau arrête même de fonctionner un instant, court-circuité. Je reprends mes esprits et la scène tourne aux effusions. On croirait voir deux cousines se découvrant leur lien de parenté. Cette femme que je ne connaissais pas quelques minutes auparavant me devient tout à coup intime, familière. Une bulle se crée instantanément autour de nous que plus rien, ni la musique, ni les autres invités ne réussit à percer. Nos amis mutuels nous observent de loin, les yeux ronds, se demandant quelle passion commune et fulgurante nous avons bien pu nous trouver, sans toutefois oser s'immiscer dans notre conversation. Un champ de force les en empêche. Comme moi, Nour n'a jamais rencontré personne qui soit passé par la Manouba avec qui partager ses souvenirs. Pour la première fois nous rencontrons l'une et l'autre quelqu'un dont les pièces du puzzle complètent le nôtre. Ce sont deux morceaux d'une carte qui se rejoignent. Le sien me permet de comprendre la structure de la prison et les nombreuses règles et usages qui m'ont échappées, le mien lui apporte des nouvelles des personnes qu'elle a connues. Surtout – et la nouvelle me fait l'effet d'une nouvelle décharge électrique – Nour, qui a parfois fait la plonge en cuisine, a bien connu la vieille Boutheina. Devenue avec le temps presque irréelle, l'image de la grand-mère assassine que j'avais tant aimée reprend soudain forme. C'est comme si elle était de nouveau là devant moi. Le souvenir dilué par les années est ravivé et avec lui ceux de toutes mes autres camarades si longtemps remisés dans leur boîte. Mon petit bréchet se met à me lancer à nouveau mais ça n'est plus de la douleur. Plutôt une chaude pulsation. Par Nour les fantômes ressuscitent. La conversation se poursuit jusqu'à tard dans la nuit, jusqu'à ce qu'il n'y ait presque plus d'autres invités dans l'appartement. Elle me raconte sa vie, je lui raconte la mienne, et c'est comme si je retournais là-bas. En tailleur sur une couchette, une paume entre mes mains, je recueille une nouvelle histoire. Sauf que cette fois je n'ai pas besoin de lire les lignes de sa main pour que ma codétenue ose me parler, encore moins de me cacher. Nous sommes libres de tout nous dire, de maudire la directrice, de dénoncer le sort des prisonnières tunisiennes et de cracher sur la justice des hommes.

Nour, c'est l'histoire d'une jeune femme rebelle et libre à qui l'on a voulu briser les ailes. Initialement condamnée à douze mois de prison pour usage de cannabis (comme Chafia), elle en a finalement purgé six de plus pour insubordination. Elle a été internée quelque temps dans l'annexe psychiatrique de la Manouba (dont j'ignorais l'existence) pour s'être rebiffée contre une gardienne. Cachetonnée de force, elle a passé deux semaines à végéter dans cet hospice sordide. Tout ça pour une minuscule boulette de shit. Le pire c'est qu'elle n'avait même pas fumé ce soir-là. La boulette traînait dans la poche de son amie quand elles avaient été contrôlées. Les deux jeunes filles avaient été condamnées pour l'exemple sans le moindre dépistage. À l'époque, il lui arrivait de boire un verre d'alcool de temps en temps mais elle ne fumait pas. Depuis, elle s'y est mise par vengeance. Elle se flatte d'avoir dû fumer au moins autant de joints qu'elle a passé de jours en prison. C'est sa loi du talion à elle, pour tout ce que la société lui a volé de jeunesse. Un an et demi d'enfermement, la plupart du temps dans le pavillon B, l'un des plus surpeuplés et redoutés de la Manouba. Elle a connu les nuits glacées de l'hiver et les chaleurs infernales de l'été, les rats et les cafards, les coups et les bagarres, les humiliations, les punitions, les prières forcées, les menaces et les maladies. En l'écoutant me parler longuement de sa détention, je mesure la chance que j'ai eue d'avoir échappé à une longue incarcération dont je serais probablement ressortie brisée. Cette expérience l'a durement marquée mais en sortant Nour s'est juré d'étancher sa soif de liberté avec encore plus de rage et d'insolence qu'avant. Elle a tenu sa promesse en devenant une femme queer, indépendante, engagée et épanouie. Nour incarne à elle seule le triomphe de la liberté des femmes sur la tyrannie patriarcale, et venge par son refus de capituler toutes les enchaînées de la Manouba. Aujourd'hui elle fait ce qu'elle veut quand elle veut, et affiche un niveau de liberté et d'ouverture d'esprit que je n'ai même jamais touché du doigt. Ils auront eu beau vouloir lui briser les ailes, Nour est là qui vole, bien au-dessus du reste du monde.

Les heures ont défilé et nous ne nous sommes pas rendu compte que la pièce se vidait. Il doit bien être quatre heures du matin quand nous quittons l'appartement avec la dernière vague de fêtards. Avant de nous dire adieu sur un trottoir sale et mouillé de Paris qui ce soir me semble briller de mille paillettes, je lui pose une toute dernière question. Je veux comprendre ce que signifie mon énigmatique patronyme de prison, le fameux « Bolona ». Elle éclate de rire et m'explique que cela veut dire « boulon » en arabe, et que j'en ai probablement été affublée pour sa vague consonance avec mon prénom. C'est bien ce que je craignais. Cette sacrée Fuite m'avait attifée du surnom de prison le plus ridicule de la terre, quand je croyais moi avoir hérité d'un blason de mafiosa. Je comprends mieux maintenant pourquoi ça les amusait tant. Mais après tout un Boulon pour une Fuite ça ne pouvait peut-être pas mieux tomber. Après une dernière accolade, Nour grimpe dans son taxi et c'est comme si elle embarquait sur un paquebot. Je suis à deux doigts d'essuyer une larme et d'agiter un mouchoir. Dans quelques jours elle repartira pour un nouveau tournage. Je la regarde s'éloigner en sachant que nous ne nous reverrons probablement jamais. Nour est ce genre de personne qui illumine un instant votre vie puis disparaît à jamais, comme une lumière qui passe, et puis s'en va. Il ne faut pas la retenir. De retour chez moi au milieu de la nuit je n'essaye même pas de me coucher. Encore bouleversée par ma rencontre avec Nour, je sais que je ne pourrai pas dormir. Au lieu de ça je décide, puisque ce soir on ouvre les boîtes de Pandore, de déterrer celle qui sommeille sous mon lit. Je rampe dans la poussière, brandissant d'une main la torche de mon téléphone portable, écartant de l'autre les chaussettes esseulées, pour atteindre, tout au fond, poussée aussi loin que possible, la valise de cuir bleu dans laquelle reposent comme dans un caveau mes reliques de prison. À la manière d'une archéologue je souffle sur le couvercle avant de l'ouvrir, puis je frémis un instant en me demandant dans quel état sera la momie. Je redoute que par un obscur sortilège elle ne se décompose à l'instant où j'ouvrirai la boîte. Je fais sauter les fermoirs un par un, presque solennellement, puis soulève le couvercle en retenant ma respiration. À l'intérieur rien ne s'est décomposé, tout est au contraire exactement comme je l'avais laissé. Les déménagements successifs n'ont rien fait bouger, ma chemise à fleurs et mon pantalon marron sont toujours soigneusement pliés, mon exemplaire des *Contemplations* repose sagement dessus, et la pince à linge rose qui me servait de ceinture trône imperturbablement au sommet de la pile. Mon premier réflexe est d'attraper les vêtements et de plonger mon nez dedans. Je crois aussitôt y retrouver l'odeur d'égouts, de cigarettes et de sueur si particulière à la Manouba, jamais sentie ailleurs, si ce n'est peut-être dans quelques rues animées de Bangkok. Elle me fait l'effet d'une madeleine de Proust bien que d'un parfum radicalement différent. En fermant les yeux j'ai l'impression d'y être à nouveau. Je parviens même à y déceler les quelques notes d'eau de fleur d'oranger que Fuite aimait pulvériser sur le linge. C'est sans doute le fruit de mon imagination, mais il me semble retrouver dans le tissu froissé tous les parfums oubliés du Pavillon D et avec eux les images, les mots, les sons, l'ambiance, dans leurs bons et dans leurs mauvais aspects, que j'embrasse comme un tout avec une émotion étrange, mêlée de douleur et de réconciliation.

En tournant les pages des *Contemplations* je découvre les notes chaotiques que j'y ai laissées. Elles s'étalent en vrac dans les marges et entre les paragraphes, de côté, de biais ou à l'envers, sans véritable sens de lecture. Ici je raconte ma journée, là je gribouille un croquis, là encore j'entoure un poème qui pour une raison ou une autre avait résonné en moi sur le moment. Cette phrase notamment est entourée plusieurs fois : « Vivons c'est autrefois que nous étions des ombres », comme une promesse faite à moi-même pour plus tard. L'ai-je suffisamment tenue ? Quelques mots se détachent çà et là des flots de lignes bleues écrites en patte de mouche : « *huriya* », « *thawra* », « *dimuqratia* », liberté, révolution, démocratie. Dans le coin d'une page je découvre des petits bâtons tracés pour compter les jours, sur une autre un lexique en arabe, plus loin un texte à trou visiblement écrit sous le coup de la colère et dont certains mots ont ensuite été recouverts de gribouillis. À travers ce journal éclaté, sans dates et sans forme, écrit dans tous les sens au hasard des espaces libres, c'est tout mon quotidien de détention qui refait surface. Ces phrases, ces mots, ces dessins, sont les morceaux déchirés d'une même photographie. En les replaçant les uns contre les autres, je peux voir à nouveau l'image. C'est une photo de famille jaunie et tachée, mais dont le souvenir revient intact, comme si c'était la veille que l'on s'était quitté. Après avoir longuement parcouru le récit de ma détention dans les *Contemplations*, il me vient une envie étrange. Il faut dire qu'à cette heure avancée de la nuit, après la déflagration de la rencontre avec Nour et surfant encore sur la vague déclinante de mon ébriété, je suis dans un état un peu second. Me laissant guider par mon instinct je décide de revêtir ma tenue de prisonnière, chose que je n'ai jamais faite depuis que je l'ai quittée. À jeun et l'esprit clair le projet me paraîtrait sans doute complètement absurde (aussi absurde du reste que de conserver ces vêtements dans un sarcophage), mais ce soir il me semble que c'est l'idée la plus brillante que j'aie eue depuis longtemps. Je me débarrasse de mon jean, mon pull et mes sous-vêtements et je me glisse complètement nue dans ma chemise à fleurs et mon pantalon marron, comme dans une peau quittée il y a longtemps, la mue d'une autre vie. Ainsi vêtue, je me poste devant le miroir en pied du salon, puis je relève lentement la tête et c'est alors que Bolona apparaît. Elle me dévisage l'air incrédule et un peu fâché d'avoir été si longtemps enfermée. Quant à moi, plus je regarde ce double froissé plus je me demande qui de lui ou de moi a vécu tout ce temps de l'autre côté du miroir. À présent que je le retrouve j'ai l'impression inédite et bouleversante d'être en moi-même, *réunie*.

Bolona c'est mon histoire. L'histoire d'une jeune féministe française à la poursuite de ses rêves de justice et d'égalité pour toutes, partout, tout le temps. Cette année-là j'ai poussé mes idéaux à leur paroxysme. Estimant qu'aucune frontière ni aucune loi ne devaient empêcher la solidarité entre les femmes, j'ai bravé les interdits pour en faire moi-même la démonstration. Émue par le sort d'une Tunisienne emprisonnée pour avoir défendu la liberté des femmes, j'ai été à mon tour enfermée pour avoir défendu la sienne. J'appartenais à l'époque à un célèbre groupe féministe d'origine ukrainienne dont l'impertinence et les actions coups de poing agitaient l'opinion publique et les médias du monde entier. C'est donc seins nus, le poing levé et les cheveux sertis de fleurs que j'ai manifesté mon soutien à la jeune prisonnière, en pleine heure de pointe devant le palais de justice de Tunis. Je connaissais les risques, je les ai acceptés, et j'en ai payé le prix, en passant un mois derrière les grilles de la Manouba.

Un mois c'est si peu, un grain de sable, une page de livre, en comparaison des lourdes peines des femmes avec qui j'ai vécu le temps de ma détention, mais ce mois a été décisif, un raz-de-marée dans ma vie de petite française *middle class*, pleine de bonnes intentions et croyant tout savoir. Moi qui venais en sœur, j'ai appris là-bas ce qu'était la sororité, dans sa forme la plus pure et la plus belle. Jamais je n'ai connu ni avant ni après de groupe de femmes qui soit capable d'un amour et d'une solidarité plus sincères, plus généreux, et plus indéfectibles que ceux que ces prisonnières indigentes m'ont témoignés. D'une bande de tueuses, de voleuses et de petites délinquantes, j'ai reçu la plus magistrale des leçons d'humanité. Moi qui venais en féministe expérimentée (je le croyais), j'ai découvert là-bas ce que la violence patriarcale pouvait produire de plus abjecte, de plus sournois et de plus sombre. Mais j'ai compris aussi que de ces douleurs sourdes naîtra un beau jour la révolte flamboyante qui renversera le monde. Moi qui pensais savoir quoi du bien quoi du mal, qui à tort qui à raison, qui de bon qui de mauvais, j'ai été déboulonnée de toutes mes certitudes. Moi qui me croyais forte, je suis devenue humble. Moi qui venais parler, j'ai appris à écouter.

C'est ainsi, les bras ballants face à mon reflet et les yeux dans les yeux avec mon passé, que je comprends enfin. Je comprends que, comme Nour, je vais devoir conjurer le passé pour pouvoir m'en libérer, faire preuve de courage pour affronter les sentiments troubles de culpabilité, de regret et de redevance qui m'y attachent, et surtout, inévitablement, retourner à la Manouba pour pouvoir la quitter. Je comprends que ses fantômes ne m'ont jamais hantée mais que c'est moi au contraire qui les retenais prisonniers. Il aura fallu l'électrochoc d'une rencontre, la gifle froide d'une nuit de mars et une révélation dans le miroir, façon Bernadette à Lourdes en plus éméchée, pour que j'accepte enfin de délier tout le monde de ses chaînes. Je me souviens alors d'une promesse faite à Boutheina, un soir au-dessus d'un verre de Fanta orange, alors qu'elle me disait sa peur d'être oubliée de tous et effacée du monde. Je lui avais promis de ne jamais l'être de moi. À présent nous y voilà, le temps est venu de tenir ses promesses. Si je n'ai pas le pouvoir de libérer la vieille Boutheina, de réparer les drames et les injustices, de ressouder toutes les ailes et tous les petits bréchets cassés de la terre, ou de renverser les lois et le pouvoir des hommes (en tout cas pour l'instant), il en est un que j'ai et que personne ne peut m'enlever, celui, modeste et pourtant immense, de faire exister le temps de quelques pages ces femmes que plus personne ne voulait voir, sauf moi. Et de les rendre ainsi indélébiles.

Il est huit heures, le soleil se lève sur Paris. Sans m'en rendre compte j'ai veillé toute la nuit. Je quitte ma tenue de prisonnière et la range parmi mes vêtements de tous les jours dans mon armoire. Mon livre aux marges bleuies retrouve sa place auprès des siens dans la bibliothèque. Ni Bolona, ni la Manouba, ni les souvenirs de ses occupantes ne regagneront plus jamais leur cercueil sous mon lit. Accoudée à ma fenêtre j'allume une cigarette. Les dernières ombres de la nuit s'évanouissent dans des nuages mauves et gris. La lune a été emportée par la lumière. Quelques oiseaux s'adressent un bonjour vigoureux. Des volets écarquillent timidement les yeux. L'alarme d'un réveil fait sursauter un pigeon sur sa branche. Un bébé appelle depuis son lit pour qu'on vienne le chercher. Et une promesse est scellée dans le petit jour. Elle s'envole dans une volute de fumée qui peut-être survolera la Méditerranée, les palmeraies, les champs d'orge et de blé, et les villes blanches de mes codétenues, pour aller leur souffler à l'oreille que quelqu'un est là quelque part qui pense à elles et qui s'en va raconter au monde leur histoire, l'histoire des *Contemplées* de la Manouba.

NOTE DE L'AUTRICE

Si ce roman s'inspire de faits, de lieux et de personnes ayant réellement existé, il demeure une œuvre de fiction. Je l'ai écrit depuis ma mémoire imparfaite, transposant de façon sensible et personnelle les rencontres que j'avais faites lors de mon incarcération, pour donner à percevoir un fragment de la Manouba. J'ai laissé mon imagination prolonger librement mes souvenirs et subroger aux omissions de mes codétenues. Ma vision de la Manouba, puisqu'elle m'est propre, ne peut être que partielle et subjective, mais c'est, je crois, ce qui la rend vraie.

Je remercie les deux camarades Femen avec qui j'ai manifesté devant le palais de Justice de Tunis et avec qui j'ai été emprisonnée. Leur présence et leur force m'ont été d'une valeur inestimable. J'ai choisi de ne pas en faire des personnages de ce roman afin de ne pas les déposséder de leur histoire. Je ne voulais pas raconter « pour elles », ni les enchaîner à ma parole. Nous avions déjà bien trop été menottées les unes aux autres. Bien que nos chemins de vie et de pensée se soient aujourd'hui séparés, je garde pour elles et pour toutes les militantes Femen qui nous ont soutenues, une sincère gratitude au regard de cette expérience partagée.

Enfin, je veux dédier ce livre à mes codétenues tunisiennes qui ne liront probablement jamais les récits qu'elles m'ont inspirés. Si certaines sont toujours enfermées d'autres ont dû retrouver la liberté mais j'ignore ce qu'elles sont devenues. Je n'ai réussi à retrouver que l'une d'entre elles. Sortie peu de temps après moi elle n'a pas pu me donner de nouvelles de celles qui étaient restées de l'autre côté. Nous nous sommes écrit pendant quelques mois puis elle a de nouveau disparu, retournant à sa vie, me laissant à la mienne. Sans doute a-t-elle fini par enfouir elle aussi ses souvenirs de la Manouba sous son lit. Je comprends, je ne suis pas revenue la hanter. À la place j'ai écrit ce livre, pour que tout ne disparaisse pas à jamais sous la poussière. Le temps de quelques pages j'ai voulu faire exister celles qui avaient été injustement oubliées. Ce roman d'adieu est pour elles.

Aux femmes de la Manouba. À toutes les prisonnières. Aux rejetées. Aux effacées. Aux innocentes. Aux coupables. À mes sœurs du Pavillon D, pour qui je n'ai pas eu le temps d'apprendre à dire au revoir.

Besslama.

ILS ONT COLLABORÉ À CE LIVRE :

PIERRE FOURNIAUD
DIRECTION ÉDITORIALE ET COORDINATION

CORINNE BERNARD
CORRECTION

BRUNO RINGEVAL
COMPOSITION

DONATA JANSONAITÉ
IMPRESSION

MARIE-ANNE LACOMA
SUIVI COMMERCIAL ET PROMOTIONNEL

FLORA MORICET
RELATIONS PRESSE

LES ÉQUIPES DU CDE ET DE LA SODIS
DIFFUSION ET DISTRIBUTION

AGENCE TRAMES
CESSIONS DE DROITS

LES LIBRAIRES
COMMERCIALISATION ET PROMOTION

DÉPÔT LÉGAL : FÉVRIER 2023
IMPRIMÉ EN UE